かくりよの宿飯　十一

あやかしお宿の十二ヶ月。

友麻　碧

富士見L文庫

目次

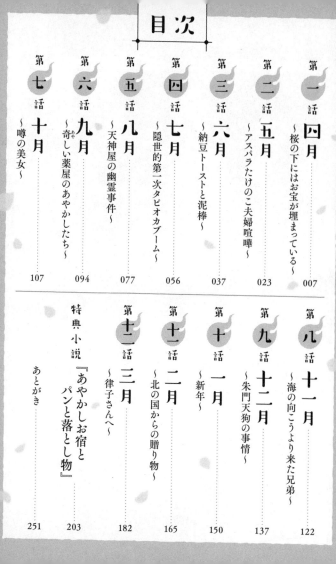

かくりよの宿飯 登場人物紹介

かくりよの宿屋に泊まりけり
——津場木史郎

天神屋

あやかしの棲まう世界“隠世《かくりよ》”の北東の地に建つ老舗旅館。さる事情から一時期客足が遠のいていたが、鬼神やその妻を中心とする従業員たちの働きにより、賑わいを取り戻しつつある。

大旦那《おおだんな》

「天神屋」の主人である鬼。背負っていた隠世の行く末にまつわる困難を、葵たちとともに乗り越えてきた。お宿を仲間たちに任せ、隠居生活満喫中。

津場木《つばき》 葵《あおい》

かつて祖父の借金のカタとして「天神屋」へ攫われてきた、料理好きな女子。いまは大旦那へ嫁入りし、お宿の大女将見習いとして活躍している。

雪女
若女将 お涼

土蜘蛛
若旦那 暁

九尾の狐
旦那頭 銀次

カマイタチ
お庭番 サスケ

濡れ女
湯守 静奈

白沢《はくたく》
お帳場長 白夜

千年土竜
開発部長 砂楽

鬼火
アイ

一反木綿
番頭 反之介

手鞠河童《てまりかっぱ》
チビ

折尾屋

海を望む観光資源が豊富な、南の地で営まれる人気のお宿。

狛犬

旦那頭 乱丸

白鶴童子&黒鶴童子

板前 明・戒

化け猿

若旦那 秀吉

火鼠

若女将 ねね

送り犬

宣伝部長 ノブナガ

朱門山

隠世の東の地に位置する、天狗の一族の総本山。

天狗

葉鳥

妖都

妖王家と貴族が暮らし、隠世を統治している都。

妖王家

縫ノ陰

妖王家

律子

氷里城・その他

天神屋のお得意様たち。

化け狸

春日

氷人族

キヨ

化け狸

千秋

絵：Laruha

私の名前は津場木葵《つばきあおい》。

そしてここは、あやかしたちの住む世界〝隠世《かくりよ》〟。

私は隠世にある、あやかしたちの為の宿〝天神屋《てんじんや》〟で、大女将《おおおかみ》見習いなどという謎めいた肩書きを持っている。

というのも、私は天神屋の主人である大旦那《おおだんな》様の妻なのだ。色々あってまだ式を挙げていないけれど。

もともと私は、天神屋の中庭の離れで、夕《ゆう》がおという小料理屋を開いていた。祖父・津場木史郎《しろう》が、天神屋にしてしまった大きな借金を返すために開いた小料理屋だったが、その借金問題も片付き、今となっては週に一度予約制で開く食事処となっている。

以前は夕がおで料理ばかりしていたが、今となってはそれ以外の仕事も増え、私は天神屋のあちこちに顔を出し、行事の企画をしたり、各部署の手伝いをしたりしている。はたまた隠世の地方に赴き、名物料理や土産物のプロデュースをしている。

これは、そんな私と天神屋の仲間たちとの十二ヶ月を綴《つづ》った、日記帳である。

第一話　四月〜桜の下にはお宝が埋まっている〜

私の祖父・津場木史郎《つばきしろう》が常々嫌いだと言っていた桜の季節となった。

あの人が今、天国にいるのか地獄にいるのかわからないけれど、きっとおじいちゃんのことなので、あの世の桜を見ては憂鬱《ゆううつ》そうな顔でもしているのだろう。

桜は確かに美しい。

だけど、私もこの春の霞《かすみ》の中で揺れる淡い桜の花を見ていると、なんだかとても寂しい気持ちになることがある。

出会いと別れを思い出す季節だからだろうか。

散りゆく桜の花びらが、淡く儚《はかな》いからだろうか。

こういう変なところで、私はおじいちゃんと似ていたりする。

◯

縁側から、春の風とともに桜の花びらが舞い込む。

「葵《あおい》、あの山のてっぺんに見える桜の木がわかるかい？」

鬼の大旦那《おおだんな》様のお部屋に、弁当箱を取りに行っていた。

大旦那様は執務が忙しい時、私に弁当を依頼するのだ。というか、大旦那様は謎の弁当好きで、中でも卵焼きが好きだった。ちなみに今日の卵焼きは明太子《めんたいこ》入り出汁《だし》巻き卵。

私は髪を押さえつけながら、大旦那様の指差す方を見た。

「見えるわ。あの大きな桜の木ね」

「あの桜の木の根元にはね、あるものが埋まっているんだよ」

「まさか、死体だなんていうんじゃないでしょうね」

「え？　そんな、まさか！　葵は物騒なことを言うなあ」

「…………」

本気で驚いて、怯《おび》えてすらいる大旦那様。

彼は隠世《かくりよ》の鬼なので、現世《うつしよ》由来のジョークがいまいち通じないようだ。というか鬼のくせに、死体などという単語で怯えないで欲しい。頼むから。

「で、結局何が埋まっているの？」

「昔、史郎が隠したお宝さ」

「え？　お宝??」

おじいちゃんったら、隠世の借金取りにでも追われていたの？

それとも偉い人から盗んだものとか言うんじゃないでしょうね。おじいちゃんならあり得る。

「よし。だったらそのお宝、今から掘り返してみましょう。後々厄介な揉《も》め事にされても困るし、今のうちに白黒つけなくちゃ」

「葵はたくましいなあ。そう言うと思って、さっそく準備しているよ」

押入れから、鍬《くわ》とシャベルを取り出す大旦那様。

なぜそんなところに、鍬とシャベルが……

そして大旦那様は、天神屋《てんじんや》の羽織を脱いだ着流し姿のまま、軽い足取りで部屋を出る。

私はそんな大旦那様を追う。

「ちょっと、お仕事はいいの？」

「構わないさ。ちょうど休憩がてら、体を動かしたいと思っていたところだよ」

黒髪と真紅の瞳《ひとみ》、そして鬼の角を持つ美男子たる大旦那様は、今となっては初めて出会った頃の、鬼らしく冷酷で冷淡なイメージはない。

現世との行き来の制限が無くなり、転換期を迎えた隠世を生きながら、本来の大旦那様らしい、柔らかで少しとぼけた所のある、穏やかな空気を醸している。

大旦那様は様々な事情を抱えており、あやかしとしては、残された時間がとても短い。だけど多分、人間の私よりは長生きである。

そんな事情を抱えながら、天神屋という宿の未来のために、何ができるかを常に考えているようだった。

お山の頂上に辿《たど》り着くと、大きな桜の木がまるで傘のように広がっていて、私たちを見下ろしているかのようだった。

しかし不思議だ。

隠世のあやかしたちは花見とお酒が大好きなのに、ここには誰もいない。

「と言うのも、この桜の木にはちょっとした曰《いわ》くがある。あやかしたちを捕食し、その血を養分にしてしまうと言うんだ。それでこれほど、大きくなったと」

「なら、桜の木の下に死体が埋まっている、と言うのもあながち間違いじゃないんじゃない？」

「本当だ！　よくよく考えたらそうだな。葵は天才だ！」

「…………」

大旦那様の天然に付き合っていると、時々私も頭に花が咲きそうになる。

鬼なのにこの天然具合は凄《すご》い。宮中に囚《とら》われた大旦那様を、天神屋のみんなで助け出そうとしたあの事件以降、この天然傾向はますます強まっている気がする。

張り詰めていたものが萎《しぼ》んだというか。

肩の力を抜いたというか。

「はあ。そもそも、そんな危険な場所に嫁を連れてくるんじゃないわよ」

「だって葵は人間だろう？　化け桜なんて、葵の前ではただの木さ」

「……なんで人間の方が、あやかしより強いみたいになってるんですかね」

これ以上、大旦那様のボケに付き合っている訳にはいかない。

とっととおじいちゃんがここに埋めたというお宝を掘り出して、厄介ごとの芽を摘んでおかなければならない。あの人は、死んでもその名を隠世に轟《とどろ》かせるトラブルメーカーなのだから。

今まで何度、津場木四郎の孫娘だというだけで、厄介ごとに巻き込まれたか。

そんなこんなで、私と大旦那様は、たすき掛けをして大きな桜の木の根元をひたすら掘っていた。土まみれになりながら。

「ふう。いくら掘っても、何も出てきやしないんだけど……本当にここに、おじいちゃんのお宝があるの？」

おじいちゃんは隠世のあちこちを飛び回り、相当な悪さをしたことで有名だけれど、その間、手に入れたお宝の数も尋常ではないと言う。

何が出てくるのかと、ドキドキしていたというのに、いっこうに出てこない。ただただ、掘り疲れるばかり。

「もっと深くに埋めたんだ。よし、ここらで少し休憩しよう。実は僕、おやつを持ってきたんだ」

「はい？　おやつ？」

早くも休憩モードの大旦那様。

桜の木の根元に腰掛け、どこからともなく手ぬぐいの包みを取り出すと、それを開く。

中から、細長い揚げ菓子のようなものが出てきたのだが……

「って、それ！　私が今朝作ったスティックラスク！」

大旦那様は得意げに見せつけてくる。

昨日まで夕《ゆう》がお主催で行われていた、春のパン祭り。その時の余ったパンを使ってラスクにしたものだ。

いったいいつ、夕がおから持ち出したというのか。

「はあ。まあいいや。どうせ早く、食べてしまわなければと思ってたし。私もお腹が空《す》いたし」

「サクサクしていて美味《おい》しいぞ。砂糖菓子みたいだ」

「たっぷりお砂糖まぶしてあるからね。食べすぎたら太るわよ」

「大丈夫。そのための穴掘りだよ」

「……全く」

すぐそこにある泉で手を洗い、ついでに飲み水を汲《く》む。ここの水はそのまま飲めるくらい、清らかなのだった。

いそいそと戻ると、大旦那様の隣にちょこんと座り込み、私もまた、スティックラスクをつまんだ。

食パンのラスクもあれば、マーブルチョコレートパンのラスクもあったり、デニッシュ生地のラスクもある。ガーリックバターを塗ったものなど、甘くないフランスパンのラスクもあって、味を選びながら食べるのが楽しい。

大旦那様のお気に入りは抹茶と小豆《あずき》を練りこんだパンのラスクだった。

確かに和な味わいが隠世のあやかしに好まれて、このパンは春のパン祭りでも、特に人気だったな。

他にも人気だったのが食パンだ。

最近は、生クリームを加えて作る生食パンというのが現世で流行《はや》っているようだが、それをうちでも作ってみようということになった。

ちょうど、乳製品を盛んに作っている北の地と同盟関係を結んでいることもあって、生クリームの入手には困らない。北の地産の生クリームを使用した生食パンは、最近パンを食べるのが当たり前になってきた隠世のあやかしたちにも、衝撃を与えたようだ。しっとりもちもちしていて、それでいて甘みのある食パン。

この生食パンを天神屋から発信していかねばと、私はメラメラとした野望を抱いているところだ。

「あ、見て。天神丸《てんじんまる》よ！」

山の頂上からは、鬼門の地の中心的建造物である天神屋がよく見えるのだけれど、今しがた天神屋の宙船《そらふね》が、停泊所に着港したのが見えた。

「あれは銀次《ぎんじ》が乗って行った船だな」

「ということは、銀次さんが南の地から帰ってきたのね！」

二週間ほど天神屋は銀次さん不在であった。

銀次さんは天神屋の若旦那……ではなく、今は〝旦那頭〟という若旦那の上の地位についている。そして若旦那を継承したのが、番頭であった暁《あかつき》である。

銀次さんは旦那頭として、同盟関係にある北の地や南の地を行き来して、コラボ企画を催したり、宙船ツアーの企画を運用したりしている。そんなこんなで、天神屋に居ないことも増えてきた。

私は銀次さんが戻ってきたとあって、すっかり嬉《うれ》しくなっていた。

「……ふん。葵。お前は銀次が戻ってくると、いつも子どもの様にはしゃいでいるな」

「なあに、大旦那様。嫉妬《しっと》してるの？」

「いや、別に」

ムスッとしてスティックラスクをカジカジしている大旦那様。

だってそれは仕方のないことよ、大旦那様。

銀次さんは、私が隠世にやってきて、右も左もわからない頃から夕がおを一緒に営業してきた、唯一無二の親友なんだもの。

「銀次も今ではすっかり旦那頭が板についてきて、最近はどんな場に出しても堂々としていて、結果を出してくる。そんな銀次に、僕は何もかもを任せてしまっているな。忙しくしているので、どこかで休みを取らせなければいけないね」

「大旦那様が、ほぼ隠居状態だからね……」

いや、大旦那様も仕事をしていないと言うわけではないのだけれど、最近じゃ裏方に回って、表立った場所には旦那頭となった銀次さんを据えている。

まるで、かつての南の地の、黄金童子《おうごんどうじ》様と乱丸《らんまる》のような関係だ。

「僕は僕で、現世出張を頑張っているんだぞ。隠世は狭い世界だからな。これはもうどうしようもないことなので、現世にある伝手《つて》や物を頼って……色々な可能性を見出《みいだ》しているところだ」

「……そうね。それはとても大切なことだわ」

そう。大旦那様は、隠世の地下に眠る穢《けが》れを浄化するための薬の開発・改良に、今は全力投球している。

いつかその穢れが地上に漏れ出てしまったら、隠世にあやかしたちが住める場所が少なくなり、やがては土地を巡った争いに発展することを、知っているからだ。

大旦那様は、その薬の開発に必要なものを探すため、時々隠世から現世へと渡る。

隠世って、大旦那様の言ったように、とても小さな世界だ。

大きさでいうと、日本の九州ほどしかない。

その点、私のいた現世はもっと大きな世界であり、ものも豊富で、文明も技術も隠世より進んでいる。

大旦那様は、求めるものがまだ現世のどこかにあるのではないかと思っているようだ。

「次の現世出張は来週だ。葵も来るかい？」

「んー。どうしようかしら。大旦那様が居ないとなると、夕がおや天神屋が心配だし」

「だったらいつか、天神屋の皆で現世に行ける休暇期間を設けよう。要するに社員旅行だ。いつかやってみたいと、僕は常々思っていたんだ」

「へえ。それだったら現世に行きたいわ。天神屋のみんながいたら、きっととても楽しいし！」

その提案には、私もノリノリだった。

隠世と現世のあやかしは、以前のような行き来の制限もなくなり、今は以前より安価に誰でも行き来ができるようになっている。

天神屋の騒動が落ち着いてから、私も現世の大学生に戻り、大学卒業を果たすことができた。その後も、大旦那様との結婚についてや、おじいちゃんのことについて、津場木家の本家に説明しに行ったりした。津場木家には子どもの頃に一度だけ、おじいちゃんと共に行ったことがあったから。

私はあまり知らなかったのだけれど、津場木家とはもともと、妖怪《ようかい》退治を生業《なりわい》とする退魔師の家柄だったらしい。

おじいちゃんも、幼い頃から立派な退魔師になるべく育てられていたのだとか。

妖怪退治のいろんな術とか使えたらしい。

悪霊退散！　みたいなやつかしら。

「さあ！　ダラダラしてないで、また穴掘り再開しなくちゃ。おじいちゃんのことを思い出したら、途端に不安になってきたわ。ここに何が埋まっているのか」

「おお、やる気に満ちているね、葵」

立ち上がって、パン屑《くず》を払う私に、どこかのほほんとしている大旦那様。

大旦那様がやる気を出してくれるのが一番いいんですけど、という言葉は呑《の》み込んで、私は再び桜の木の根元をシャベルで掘った。

しかし穴掘りを再開してすぐに、それは見つかったのだった。

「何かしら、これ」

四角い、立派な黒塗りの箱である。

土まみれで少し湿っていたものの、頑丈そうなその箱は、形を変えることなく、そこに埋まっていた。

「開けたら、煙がもくもくと出てきて、私たちがおばあちゃんおじいちゃんになったりしないわよね」

「浦島太郎《うらしまたろう》の玉手箱じゃあるまいし」

「浦島太郎は知ってるのね、大旦那様」

というわけで、ゴクリと唾《つば》を飲み込んで、覚悟して箱を開けてみる。

「あれ……？　写真??」

そこには、山ほどの古い写真があった。

おじいちゃんの子どもの頃の写真から、これを埋めるに至る中年頃の写真まで。

白黒から、カラーまで。

「ははあ。なるほど」

「なるほどって？」

「史郎は写真を使って呪われたりしないように、きっとほとんどの写真をここに埋めてしまったのだろう。しかし写真を使って呪いをかけるなど、人間のやることだ」

「ああ、そういうこと。でもきっと、おじいちゃんを恨む人って、人間にも多かったのよ。ていうかたくさんいた」

「アッハッハ。そうだろう。そうに違いない。隠世の、あやかしすら集まらないここであれば、安全だと思ったんだろうな」

しっかし呆《あき》れた。そして拍子抜けだ。

ただ懐かしい人の写った写真は興味深く、その一枚を手にとって、まじまじと見る。

それはおじいちゃんがまだ幼い頃の、家族写真のようだった。

すっかり薄れてしまっていたが、数人の大人と、数人の子どもが、立派な着物姿で写っている。以前訪問した、津場木家の門の前だ。

さらには、おじいちゃんがどの子なのかすぐに分かるほど、面影があって憎たらしい笑みを浮かべている。

まだ十歳前後の子どもだというのに、この頃からおじいちゃんはおじいちゃんだったんだなあ。

「お宝じゃなくて残念だね、葵」

「別に。厄介そうなものじゃなくて、個人的には安心だわ。それに……おじいちゃんの写真なら、いくらあってもいいもの」

「ふふ、そうかい」

「……実は大旦那様、ここに埋まっているのが写真だって、知ってた？」

「いや？　そんなことはないが？」

全く、とぼけちゃって……

私はその箱を抱えて、持って帰ることにする。

おじいちゃんの写真は私も持っているし、天神屋の地下の、黄金童子様の隠し部屋にもある。

だけど、幼い頃のものや、何気無い写真まで、こうもたくさん残っていたのは、素直に嬉しい。

私はおじいちゃんのことをあれこれ言うけれど、おじいちゃんのことが大好きだった、生粋のおじいちゃんっ子でもあるのだ。

今夜は、一枚一枚をじっくり見て、おじいちゃんのことでも考えながら寝よう。

そして夢でおじいちゃんに会えたなら、なおいい。


「おかえりなさい、銀次さん！」

天神屋に戻ると、フロントに銀次さんがいた。

銀次さんは天神屋の長めの羽織を羽織っていて、その佇《たたず》まいには、若旦那だった頃よりも風格があったりする。

「あ、葵さん！　大旦那様も！　ただいま戻りました」

しかし腰を低くして頭を下げるその姿は、謙虚で礼儀正しい銀次さんそのもの。

銀色の、狐の耳と九尾も、以前と変わらず健在だ。

「お二人とも、お土産がありますよ」

銀次さんは目を輝かせて、あるものを懐から取り出し、私に見せてくれた。

「じゃーん。夕がおと、南の地のマンゴーで共同開発した〝マンゴーレトルトカレー〟です！」

「わあ！　いよいよ完成したのね！」

これは、ここ一年ほど開発に力を入れていた商品、マンゴーレトルトカレーだ。

南の地で、何度か夕がお出張店をやったことがあるのだが、その時作った、南の地のマンゴーをふんだんに使ったマンゴーカレーが大好評で、これをいつでも食べられたらという要望が出たのだ。

私がいつでも作りに来られる訳ではないので、カレーならいっそ、レトルトカレーを開発してみてはと言う銀次さんの発案により、この企画が立ち上がった。

レトルトカレーの加工は、加工製品を数多く作っている北の地の氷里城《ひょうりじょう》に依頼し、三つの同盟地域によって作り上げた、究極の商品と言える。

いよいよ完成とあって、私もすっかり興奮していた。

「早速、味見してみてください、葵さん」

「ええ。早速夕がおでお米炊いて試食してみましょう、銀次さん！」

「何だい葵。一番最初に僕に食べさせてくれると、約束していたのに……」

「わかったわかった。拗《す》ねないでよ大旦那様。大旦那様に最初の一皿をあげるから」

「と言うかお二人とも、何で畑仕事をした後のように汚れてるのですか？」

こうして私と大旦那様と銀次さんは、夕がおへと向かった。

私は、この三人で一緒にいる時が、今も一番心強かったりする。


これは、私たちが〝頑張った〟後の、何気ない物語。

だけど、その頑張りも、物語も、まだまだ続いているのである。

ここ天神屋で。

第二話　五月〜アスパラたけのこ夫婦喧嘩〜

五月の食材といえばたけのこである。

天神屋《てんじんや》には裏山があり、そこには広大な竹林があったりして、毎年この季節になると、たけのこをたくさん無料で入手することができる。

なので、あやかしたちも大好きなたけのこご飯を、ここ数日連続で、たくさん用意している。白ご飯か、たけのこご飯かを選べる御膳《おぜん》だ。

本日は夕《ゆう》がおの営業こそないが、私は毎日ここ夕がおで、天神屋で働く従業員たちのご飯を作っている。

今日も今日とて、天神屋の裏山でとれたたけのこを、カマイタチの子どもたちがたくさん運んできてくれた。

私はその下処理をしていたのだが……

「葵《あおい》さん、ただいま戻りました」

「あ、銀次《ぎんじ》さん！　お帰りなさい！」

銀次さんは最近、あちこちの地方を回って、営業を積極的に行っている。

天神屋の招き狐の名は伊達《だて》ではなく、銀次さんの手腕によって、一度は地に落ちた天神屋の名声も、すっかり取り戻しつつあるのだった。

「ふふふ。いいものがあるのです。これを見てください、葵さん！」

銀次さんは銀色の狐耳をピンと立て、得意げな顔をして、背中に隠していたあるものをカウンターにおいた。

それは、箱いっぱいの細長い緑の野菜だった。

「わあっ、アスパラ！」

肉厚太めの緑のアスパラに、私はすっかり目を奪われた。

「これ、どうしたの⁉ 隠世《かくりよ》じゃあ、まだあまり見ないわよね、アスパラって」

「ところが、アスパラガスを積極的に育てている、北の地の農園がありまして。ちょうど出張で南の地に行った際、氷里城《ひょうりじょう》のキヨ様に教えていただき、その農園に伺ってみたのです。そしたらちょうど、採れたての美味《おい》しそうなアスパラガスがたくさんあったので、少し売っていただきました。葵さんなら、きっと美味しく調理してくださると思ったので。私からのお土産です！」

「ありがとう銀次さん！ 私、アスパラガスって大好きなの！」

旬のアスパラガスの美味しさって、他じゃ味わえない。

特にこの太いアスパラガス。

バターで炒《いた》めるだけで、きっととっても美味しいお酒のおつまみになる。豚肉を巻いてもいいわね。和風の味付けで、おひたしにするのもアリかも。

よし、じゃあ……

「今日の夕がおの特別メニューは、アスパラガスの豚肉巻きと、アスパラガスの炊き込みご飯にしましょ！」

「おや。アスパラガスの豚肉巻きは聞いただけで美味しそうなイメージができますが、アスパラガスの炊き込みご飯とは、これまた初耳のお料理です。今月はたけのこご飯で行くのではなかったですか？」

銀次さんが、下処理中のたけのこをじっと見ている。

「せっかくだからね。たけのこは、また別のお料理に使うことにするわ。天ぷらにしても美味しいし」

「なるほど。それはとても楽しみです。葵さんにどのように調理していただけるのか。あ、そろそろ幹部会議が始まってしまう……っ。では私はこれで。後ほどお伺いします」

銀次さんは、また慌ただしく本館の方へと戻っていった。

最近は本当に忙しそうだ。天神屋を復活させたいと、多分、一番頑張ってきた人……

さて。私も負けてはいられない。緑色の着物にたすき掛けをして、さっそく料理に取り掛かる。

私の仕事は、最近は多岐に亘《わた》ってよくわからないこともやっているけれど、個人的に一番大切なのは、従業員のケアだと思っている。

一生懸命働く従業員たちが、一日の疲れをリフレッシュでき、活力を養うことのできる夕飯を作ってあげなければならない。

私はたけのこの下処理をひと段落させると、今度はアスパラガスの根元の皮むきに精を出す。

根元の皮は固くて筋っぽいため、3センチほど、しっかり皮をむいた方がいいだろう。

アスパラガスって、部位によって食感や味が少し違っていて、それもまた楽しい。

茎はシャキシャキしているし、穂先は柔らかく少し苦味がある。

これをさっと塩ゆでにしておき、あとで斜め切りにする。

お釜《かま》に米を入れ、醬油《しょうゆ》、みりん、出汁《だし》を入れる。もともとたけのこの炊き込みご飯で使おうと思っていた鶏肉《とりにく》と、このアスパラガスを上にのせ、最後に隠し味のバターをポンと置く。そして炊く。

「バターも、最近じゃたっぷり使えるようになったわ」

最近、隠世でもこういった乳製品を使った料理やお菓子を、よく目にする。

どれも北の地で作られた乳製品を使ったものだ。

雪と氷で閉ざされた北の地も、天神屋や折尾屋《おりおや》と協力しあい、観光業や名産品の開拓をすることによって、今や隠世で最も注目されている土地となっている。

　もともと謎めいた神秘的な印象があり、隠世のあやかしたちの中には、行ってみたいと思っている者も多かったのだろう。

　フレッシュな乳製品を求めたり、北の地の流氷を見たり、オーロラを見たり、古い時代の建造物や遺跡、寺社などを巡りたいというあやかしたちが、天神屋の宙船《そらふね》ツアーに参加することも多いのだ。

　話は逸《そ》れたが、アスパラガスの炊き込みご飯である。

　しばらくして、夕がおにいい匂いが立ち込め始めた。

「うわあああ、いい匂いです～。なんだかいつものたけのこご飯と、違う匂いですね」

　夕がおの従業員である、鬼火のアイちゃんが外での洗濯を終えて戻ってきた。

「今日は、アスパラガスの炊き込みご飯よ。銀次さんがたくさん持ってきてくれたの」

「へえ、アスパラガス！　でもいいんですか？　ほら、たけのこご飯を崇拝するほど好きなあやかしっていますから～」

「……あ。それは、確かに」

　今になって少し心配になってきた。

　でも、ここ数日ずっとたけのこご飯だったし、飽きてきた人もいるんじゃないかな。

　新鮮なアスパラガスは今の時期しか食べられないし、そもそも今日一日の特別メニューだし。

なので私は夕がおの黒板に「本日の炊き込みご飯は、鶏肉とアスパラガスとバターの炊き込みご飯」と書いておいた。念のため。

しかし私はたけのこご飯派を甘く見ていた。これがきっかけで、とある夫婦の大喧嘩《おおげんか》に発展しようとは、思いもしなかったのである。


その日の夜、営業を終えた天神屋のあやかしたちが、ぞろぞろと夕がおにやってきた。

私は彼らのために、何種類かの御膳を用意していた。

・たけのことアスパラガスの天ぷら御膳
・たけのこ入りハンバーグ御膳
・アスパラガスの豚肉巻き御膳

この中で一つを選んで、さらに白ご飯か本日の炊き込みご飯かを選べるのだ。

おすすめはたけのこ入りハンバーグ御膳。

コリコリ食感の刻んだたけのこを挽肉《ひきにく》に混ぜ込んだハンバーグで、紫蘇《しそ》とおろしポン酢で食べるのが美味なのだ。

そしてそして、本日の炊き込みご飯である、アスパラガスとバターの炊き込みご飯。

これを食べたあやかしたちから聞こえてきたのは、好意的な意見ばかりだった。

シャキシャキした食感と、アスパラ独特のみずみずしさと味わい、そして間違いないバターとの組み合わせが、意外とご飯に合うのである。特に女性のあやかしたちに好評で、若女将《おかみ》で雪女のお涼《りょう》なんて、明日《あした》もこれがいいとわがままを言う。

「ねえお願いよ葵、明日もこれ作って！」

「えー、でもな〜。アスパラ貴重だし」

他にも色んなアスパラ料理を作りたいと思っていたところなのだが、お涼だけでなく他の仲居たちも、今後もこれを食べ続けたいと言う。そんなにハマってしまったのか……

しかし、ここで待ったをかけたのが、お涼の夫であり、現在の若旦那《わかだんな》の座につく、土蜘《つちぐ》蛛《も》の暁《あかつき》であった。

「待て。確かにこのアスパラなんとかの炊き込みご飯は美味《うま》い。俺も驚いたほどだ。しかし俺はたけのこご飯が好きだ。まさにシンプルで王道の味。何度食べても飽きないのがたけのこご飯だろう。この時期に食べ溜《た》めておかなければ、来年まで我慢しなければならない。明日は予定通り、たけのこご飯に戻してほしい」

そーだそーだと、暁を筆頭に、男性のあやかしたちが、たけのこご飯を求めて訴える。

彼らの言い分も確かにわかる。たけのこご飯は、誰が食べても美味しく感じる、まさに炊き込みご飯界の絶対的王者。

特にあやかしというものは、これが死ぬほど大好きなのだ。

特別感は無くとも、その地位が揺らぐことなどあってはならないと、たけのこ派の面々は言うのである。

しかしそこで、アスパラご飯に魅了された、お涼率いる女性の仲居たちが立ち上がる。

特にお涼は、自らの夫である暁に向かって、指を突きつけこのように言い放った。

「待ちなさいよ暁！　そりゃ私だってたけのこご飯は好きだけど、こうも毎日たけのこご飯だと飽きちゃうのよ！　たまには洒落《しゃれ》た、現世《うつしよ》っぽい炊き込みご飯でもいいじゃない！　て言うかあんたは、何かにつけて面白みがないのよ。大衆が好きなものを当たり前のように好んで、ちょーっと味付けが変わってたり、食べ慣れない食材だったりすると、渋い顔するんだから！」

何だろう。日頃の何かしらの鬱憤《うっぷん》が混ざっている気がする。

て言うか、お涼が暁にご飯を作ってあげることなんて、あるんだ。へぇえ〜。

「うるさいぞお涼！　そもそもお前の場合、適当かつ気まぐれで、自己流が過ぎるんだ！　いつも葵が書いた料理帳を開いているくせに、その通りには作らず、なぜか工程を飛ばしたり、変なことをしたり、変なものを加えたりしようとする。この前なんて、味噌《みそ》汁の出汁を全く取らずに作っただろうが。そのくせ、中にちくわが浮いていた」

「だったらあんたが作ればいいのよ！　炊き込みご飯だって、あんたが自分で作って、自分で勝手に食べてればいいのよ！」

「と言うか、普段の朝飯は俺が作ってるだろうが〜〜っ！」

いよいよ、ただの夫婦喧嘩になりそうだったので、私が間に割って入る。

「ちょ、ちょちょ、ちょっと待って。落ち着いて二人とも。て言うか、何の話をしているのよ。あんたたちの夫婦喧嘩ってただの夫婦喧嘩じゃないんだから。もれなく全てが破壊されるんだから。って、わ！」

言ってる側から、お涼が氷を纏《まと》って威嚇し、暁は蜘蛛の糸でガードする。

そしてお互いに、妖気《ようき》ダダ漏れの取っ組み合いが始まる。

雪女と土蜘蛛のマジ喧嘩が始まったとあって、夕がおからは従業員のあやかしたちがこぞって逃げ出した。

「ちょ、ちょっとお！　何やってんのよあんたたち！」

お涼と暁は、すでに天神屋の寮を出て、銀天街《ぎんてんがい》に家を構えている。

新婚さんで、夢のマイホームで、普通ならその幸せを謳歌《おうか》している時期だ。

それなのに、二人ときたら夫婦喧嘩は日常茶飯事。

しかも本館で喧嘩している姿を見せられないからって、いつも夕がおでおっぱじめる。

さらには、喧嘩のきっかけが毎回、しょぼい。

どちらもそこそこ力のある妖怪なので、被害ばかりが甚大である。

こういう時、私は懐から天狗《てんぐ》の団扇《うちわ》を取り出し、

「ええい、いい加減にしなさい！」

それを一度扇《あお》いで、強い風で二人を夕がおから吹き飛ばし、目の前の池にドボンさせるのだった。

そしたら二人とも頭と目が覚めて、冷静になる。

「やあ、暁とお涼はまた夫婦喧嘩かい？　まあ、お前たちにとっては、それがコミュニケーションの一環なのだろうが。僕と葵の仲睦《むつ》まじい様を少しは見習った方がいいぞ。あっはははははは」

こんな時に大旦那《おおだんな》様が、渡り廊下を歩いてやってきた。

呑気《のんき》でのぼせたことを言って笑っているが、大旦那様の後ろに控えている、お帳場長の白夜《びゃくや》さんの顔ときたらとんでもない。

喧嘩ばかりしている暁とお涼の首を、掻《か》き切らんとする怒りの表情。まるで阿修羅《あしゅら》だ。

ちなみに白夜さんとは、天神屋のお金の一切合切を任されているお帳場長であり、天神屋のナンバー2とも言われている。あとめちゃくちゃ長生きで、めちゃくちゃ厳しい。隠世では珍しい白沢《はくたく》と言うあやかしだ。

暁とお涼は池から上がるや否や、ずぶ濡《ぬ》れのまま、すっかり縮み上がっていた。

そして土下座して謝るのだった。

「いったい何がきっかけで、あの二人は喧嘩を？」

大旦那様が尋ねる。私は二人に手ぬぐいを持って行きながら、

「それが、明日からの炊き込みご飯、アスパラご飯かたけのこご飯かで揉《も》めたのよ。いや、これはきっかけと言うか、ただの日頃の鬱憤が爆発したと言うか……正直私はどうでもいいっていうか……」

「何と言うことだ。大人気ない！」

大旦那様より先に、白夜さんが口元で扇子をパシッと閉じて、吐き捨てるように言う。

「もう少し若旦那と若女将である立場を自覚しろ！　天神屋の丸天を背負う幹部でありながら、そんな小さなことで喧嘩をするなど、他の従業員に示しがつかないぞ。これでは折尾屋の若旦那と若女将の夫婦の方が、よほど大人ではないか！」

「は、はい……すみません」

「そもそも夫婦とは、お互いを尊重し合い、支え合い──」

白夜さんは二人を池の前に並べて、くどくどとお説教をしている。

夫婦とは何とやら、を。

そういえば白夜さんは既婚者だった。人間の奥さんは、ずっと昔に亡くなっているらし

いのだけれど。

大旦那様はというと、叱られている暁とお涼のことはそっちのけで、いそいそと夕がおの暖簾《のれん》を潜《くぐ》る。

若干荒れた店内で、まだ綺麗《きれい》なテーブルについて、私に注文をするのだ。

「ちなみに僕は、白ご飯がいい。炊き込みご飯も好きだけれど、葵のおかずを全力で楽しむには、やはり白ご飯という最強のおともがいなければといつも思う。そして、今夜はたけのこ入りハンバーグがいいね。葵はこれがオススメだと言っていたからね」

「あ、はいはい」

大旦那様はお腹が空《す》いているのか、私にたけのこ入りハンバーグ御膳《ごぜん》（白ご飯）を所望する。私は早速厨房《ちゅうぼう》の内側に戻り、用意した。

「しかし葵も災難だったね。あの二人の夫婦喧嘩を止めるのは僕でも難しい」

「まあ。私もいきなりメニュー変えたりして、喧嘩のきっかけを作ってしまったからね。明日からは、たけのこご飯もアスパラご飯もどっちも作るわ」

きっとそれが、争いを生まない唯一の方法だ。

アスパラ派とたけのこ派に分かれた謎の論争も、これにて終結。

と、思いきや。

お庭番のカマイタチのご一行が、ちょうど荒れた店内を片付けてくれていたのだが、中

でもサスケくんが私の話を耳聡《みみざと》く聞きつけ、

「すみませんでござる、葵殿！　実はもう、裏山のたけのこは取り尽くしてしまったのでござる。今日ので最後だったのでござるよ〜〜」

「えっ⁉」

何と、たけのこがタダで手に入らなくなった。

こんな形で、アスパラ派に軍配が上がるというのか。

しかし、これまたちょうど、慌ただしくやってきた銀次さんが、

「すみません、葵さん。まだアスパラガスって残ってますか？」

「ん？　今日使ってない分は残ってるけど？」

「実は、お世話になっている常連の弥一郎《やいちろう》さんに北の地のアスパラガスの話をしたら、ぜひとも葵さんの手料理で食べてみたいと言うもので。バターソテーがいいとのことです。こちら、明日の夕飯に頼めないでしょうか？」

「えっ⁉　それは当然いいけれど……」

弥一郎さんと言えば、大食らいで美食家な、ナマズ姿のあやかしだ。

天神屋の大切な常連さんということで、出し惜しみもできず、きっとアスパラガスは食い尽くされるだろう。

といういうことは……

「あはは。たけのこご飯も、アスパラご飯も、明日から無理ね！」

「葵、なぜ笑ってるんだ⁉」

「だって面白いんだもの。さっきの騒動が、あまりにバカバカしくなって」

あの論争は何だったのか。結局のところ材料がなければ、どんなにそれが食べたくとも、何も作れないというのに。


さて。この騒動の翌日、南の地よりトウモロコシが入荷することになっていた。

たけのこご飯も、アスパラご飯も作れないので、第三の炊き込みご飯としてトウモロコシご飯を作ってみる。

また何か騒動になったらどうしようと不安だったが、これが甘くて万人受けする味だったからか、お涼も暁も、他の天神屋の従業員たちも、先日の争いをすっかり忘れたように、トウモロコシご飯に夢中になったのだった。

第三話　六月〜納豆トーストと泥棒〜

私はここ数日、大学ノートと睨《にら》めっこしながら、うーんうーんと唸《うな》っていた。

実は天神屋《てんじんや》の朝ごはんがリニューアルされる。

昨今の現世《うつしょ》ブームに先駆けて、現世のホテルなどによくあるように、和食の御膳と洋食プレートを選べるようになるのだ。

洋食プレートの開発に関しては、私がまるっと請け負っているので、どのようなものがいいのかと、真剣に悩んでいるところだ。

悩みすぎて、頭が痛くなるほど。

「昔はねえ、あれこれ閃《ひらめ》いたもんだけど。最近は隠世《かくりよ》も現世との繋《つな》がりができちゃって、珍しいものを提案し難《にく》いのよね」

そう。すでに隠世の多くのあやかしたちが、現世に自由に調査に出かける時代だ。

私のやることなすことが、珍しく映っていた時代はとうの昔のこと。

とはいえ、夕《ゆう》がおでは春のパン祭りで売り出した〝生食パン〟があっという間に売り切れたり、マンゴーレトルトカレーがばか売れしたりと、好調な商品も多い。

特に生食パンには期待していて、これを天神屋の売店や、銀天街《ぎんてんがい》にある天神屋系列の茶房などで売り出すなどしている。

そのうち、専門店を作ろうという話にもなっているのだ。

「この生食パンを、天神屋の朝食の売りにしちゃえばいいと思うのだけれど……」

ただ、トーストだと見た目的に地味かしら。

洋食の朝ごはんを出している他のお宿と、代わり映えしないように見えるかしら。

最近じゃ若いあやかしたちの間で写真を撮って文通式で共有するのが流行《はや》ってて、写真映えするお料理なんかが一世風靡《ふうび》することもある。

生食パンの場合、ただのトーストが一番シンプルで美味《おい》しいと思うけれど、少しは映えを意識したものも必要かもしれない。

「あ、そうだ。それこそ定番のバタートーストの他に、アレンジ系のトーストを、何種類か用意して選べるようにしたらいいのよ。例えば……」

あやかしが絶対に大好きな、あんバタートースト。

純喫茶などでよく見る王道、ピザトースト。

少し変わり種だけれど、絶対的に美味しい明太《めんたい》モチチーズトースト。

そしてトレンドに敏感なあやかしに向けた、クロックムッシュ。

「ああ、何だか私の方がお腹空いてきちゃった……」

生食パンの、アレンジトーストのことばかり考えていたからか、すっかりパンが食べたい気分だ。忙しいと、自分の食事がおろそかになりがちだったりする。かくいう私も、お昼もまだだった。

というわけで夕がおに出ていき、何かないかと探す。

生食パンはいつもすぐ売り切れるので残っていないのだが、普通の食パンの残りがあって、そのトーストにのせる具材がないかと、冷蔵庫を探す。

「……あ、納豆」

ふと懐かしいことを思い出す。

私が現世に一度戻り、大学生活をしていた頃に、よく食べていたアレンジトーストがあることを。

あの頃、毎朝の朝食はパンと決めていた。私はパンを焼くのが好きだったし、一人暮らしにパンは重宝するからだ。

それで、よく作っていたのが、納豆トーストだ。

邪道のようで、これがとても美味しい。

「……よし。久々に納豆トースト、食べましょ」

作り方は本当に簡単だ。

まずは食パンを切り、その上にタレと混ぜ合わせた納豆を敷き詰め、チーズを削ってのせる。さらにマヨネーズを細くかけて、あとはトーストするだけ。

「葵《あおい》さまー、何やってんですかー」

「あ、アイちゃん、いいところに来たわね」

アイちゃんは鬼火だ。大旦那《おおだんな》様の鬼火が、私の霊力を糧に育ったあやかしで、今じゃすっかり私の右腕。夕がおになくてはならない従業員だ。

「これ直火《じかび》で炙《あぶ》ってくれない？　アイちゃんにも食べさせてあげるから」

「はい。お安い御用です〜。でも何ですか？　この罰ゲームみたいな食べ物」

「罰ゲームみたいな食べ物じゃないわ。納豆トーストよ」

アイちゃんはパンをいい感じに焼くのが、春のパン祭りですっかり上達し、今ではお家芸のようになっている。

二枚目の納豆トーストも作り、私たち以外誰もいないこの夕がおで、従業員二人で、こっそりランチを楽しむことにする。熱々のお茶を淹《い》れたりして。

さて、納豆トーストだ。

まずはアイちゃんが待ちきれずにかぶりつく。

「んっ！　え？　あ、意外です。普通にめっちゃ美味しい！」

アイちゃんの、素直な感想をいただきました。

「そうなのよ。納豆トーストって言うとみんな怯《ひる》むんだけど、食べると普通に美味しいのよ。全然、アリなのよ」

「なぜですか？　どうして納豆とチーズが合うんですか？　不思議です。解《げ》せないです」

「……うーん、どうしてかしらねえ。発酵食品同士だから？」

私もまた、端っこから大きな口を開けてかじりつく。

納豆の糸とチーズが伸びて、非常に食べづらい。だけど見ているのもアイちゃんだけなので、構わずもぐもぐと噛《か》みしめる。

納豆とチーズ、そしてマヨ。

本来合わないような気がするこれらの食材を、食パンの素朴な甘みが繋ぎ、口の中で何ともいえない和と洋のハーモニーを……

「葵さまー、そういえば、チビって今頃どうしてるんでしょうね」

ふと、アイちゃんが、ここに居ないアイツについて話題に出す。

「そうねえ……チビのことだから、元気に図太くやってると思うんだけど」

「強めのあやかしに食べられたりしてなきゃいいんですけど」

「……そうねえ。それが心配ね」

実は、手鞠河童《てまりかっぱ》のチビがここ半年ほど私の元を離れている。

と言うのも、チビは現世を旅しているのだ。

もともとチビは、現世の河原で、仲間たちに置いていかれてひとりぼっちになってしまったあやかしだった。体が小さくて、弱くて、見捨てられたあやかし。お腹を空《す》かせてガリガリに痩《や》せて、とても可哀想だったから、私が、隠世まで連れて来た。

しかしチビは、ここ隠世でとてもたくましくなっていった。

可愛い小さな、赤ちゃんのようなあやかしだと思っていたのだけれど、チビはチビなりに成長していて、色んなことを考えていたらしい。

『葵しゃん〜、僕は家族を探したいのでしゅ〜。そして隠世って世界があることを、仲間たちに教えてあげたいのでしゅ〜。現世は手鞠河童たちにとって、危険で生きづらい場所が多いのでしゅー』

旅立つ前、そんなことを言ってたっけ。

見捨てられ、置いていかれたくせに、仲間たちのことがずっと忘れられなかったのだろう。

確かに、ここ隠世にチビの同族はいない。

手鞠河童とは現世のあやかしだと、前に誰かが言っていた。

天神屋でどんなに可愛がられても、私がいても、アイちゃんがいても、チビの小さくて大きな心の隙間を埋めることができなかったのだと思うと、少し切なくなったっけ。

チビは無事、家族や仲間たちと会うことができたかな……

「で、葵さまー。天神屋の朝食を考えていて、この納豆トーストを作ったんでしょう？　これを朝食プレートの目玉にするんですか？」

アイちゃんがキラキラした目で問う。

「うーん、いや、これは私のお気に入りってだけで、お宿の朝食に出すのは、少し難しいかもしれないわね」

「えー、どうしてですか⁉」

「やっぱり、最初のイメージが悪いのよ。アイちゃんが罰ゲームみたいって言ったようにね。何にしろ、イメージが大事だと言うことは、私も大いに学んだから」

それに、納豆トーストは、美味しいトーストとして広めたいようで、自分だけの秘密のレシピにしておきたいような、そんな気もある。

ただアイちゃんは複雑そうにムスッとしていた。

「そんな～、こんなに美味しいのに。意外性がありますよう」

「アイちゃんがそう言ってくれるだけで、私は嬉《うれ》しいわ」

「う～。……他にはどんなお料理をプレートに載せるんですか？」

「まずはサラダでしょ。そして、食火鶏《ひくいどり》の卵を使ったオムレツがいいと思うの。現世のホテルの朝ごはんみたいに、その場で作りたてを出せたら最高ね。あとは……」

と、その時だ。奥の部屋でガタンと、何かが倒れるような音がした。

私とアイちゃんは顔を見合わせる。

「何でしょう？　今、何か倒れましたね。私見てきます～」

「待って。私も行くわ」

以前、縁側からうりぼうが迷い込んできて、私の部屋で寝ていたことがある。そして母イノシシが猛烈に怒って突進してきて、大惨事になった。

そんな大変なことでなければいいけれど、と思いながら、実は少し期待していた。

もしかしてチビが、ここに帰ってきたのではないか、と……

しかし部屋の引き戸を開けて、

「…………」

「…………」

言葉を失うほど驚いた。

そこには黒ずくめの格好で、頰被《ほおかぶ》りをしていて、唐草模様の風呂敷《ふろしき》を背負っている何者かがいた。いや、何者かは見た目だけですぐにわかるんだけど。

「えええええええっ⁉」

きゃーではなく、仰天の声が出た。だって絵に描いたような泥棒だったから。

「あ、葵様、下がってください。私が、私が燃やします！」

「ちょ、ちょっと待ってアイちゃん。夕がおまで燃えちゃう、火事になっちゃう。あ……っ、逃げた！」

私たちがもたもたとしている間に、泥棒は何かを鷲掴《わしづか》みにして、縁側から飛び出して逃げていった。

何が盗まれたのかはすぐに分かった。そこら中に散らばっているのは、写真。

桜の木の下から掘り出した、おじいちゃんの写真だ！

「おじいちゃんの写真が攫《さら》われちゃったわ！」

すっかり青ざめて、私もまた縁側から飛び出し、裸足《はだし》のまま逃げた泥棒を追う。

「ドロボー、ドロボーよ！」

そして大声をあげた。

私が声をあげると、たちまち周囲に風が吹いて、天神屋のお庭番のカマイタチたちが現れた。

「どうしたでござるか、葵殿！」

中でもエースのサスケ君は、私の声をいち早く聞きつけ、側に現れてくれた。

私は泣きそうになりながら、サスケ君に縋《すが》る。

「サスケ君、さっき絵に描いたような泥棒が私の部屋に侵入して、写真を盗んで逃げちゃったの。おじいちゃんの写真よ！　多分まだ天神屋の中にいるわ。黒ずくめで、唐草模様の風呂敷背負ってる……っ」

「なんと……っ、侵入者を許すとは不覚でござる！　お庭番、散れ！」

サスケ君の命令で、カマイタチの兄弟姉妹たちが、疾風のごとくこの場から散り去る。

天神屋のお庭番たちは優秀だ。大丈夫だ。そう自分に言い聞かせながらも、私は気が気ではなかった。

それから三十分もたたずして、泥棒が捕まった。

すでに天神屋の幹部にもこの話が伝わっていて、大旦那様と白夜《びゃくや》さんが、夕がおに来ていた。

そして、我々の前に引き摺《ず》り出された絵に描いたような泥棒は、人に化けた熊のあやかしで、とても痩せていた。


夕がおの縁側に並んで座り、そこから見える裏のひらけた場所に、縄でぐるぐる巻きにされた泥棒が正座して座らせられている。

目を光らせたお庭番たちに囲まれながら。

「お前、名前は」

と大旦那様が泥棒に問う。

「……熊衛門《くまえもん》ダス」

「では熊衛門。お前、一体どうして、僕の妻である葵の部屋に不法侵入し、津場木史郎《つばきしろう》の写真なんて盗んだんだい？」

大旦那様が、泥棒の風呂敷を開けて、中からおじいちゃんの写真を取り出した。

大旦那様は口調こそ穏やかだったが、表情からは、以前よく感じていたような、鬼らしい冷たいものがひしひしと伝わってくる。

私の部屋に侵入したとあって、これはかなり怒っていらっしゃるようだ。

泥棒は畏縮《いしゅく》しながらも、必死に事情を話し始める。

「じ、実は、オイラには病気のおっかさんがいるダス。おっかさんの病を治すため、オイラはついに借金をしてしまったダス。借金が嵩《かさ》みすぎて、返す当てもなく日々の食事にも困っているダス。それで、津場木史郎の写真を盗んでしまったダス」

「……？」

私と大旦那様は顔を見合わせた。

聞いた話は理解できる苦労話だが、しかしお金が必要ということならば、もっと高級そうなものを盗めばいいのに。

「事情はわかった。しかし、それがどうして津場木史郎の写真を盗むことに繋《つな》がるんだい？」

「大旦那様。大旦那様は最近、隠世の街中に出ることがほとんど無いので知らないのだろうが、今、巷《ちまた》では軽く津場木史郎ブームが再燃しているのだ」

そう教えてくれたのは、大旦那様の隣にいた白夜さんだった。

白夜さんは扇子で顔を扇《あお》ぎながら、バカバカしい話だと言わんばかりに、それを語る。

「津場木史郎の私物や、写真なんかが凄《すさ》まじい高値で売れたりする。最近では、闇市にて津場木史郎が脱ぎ捨てた靴下というのが、二百万で売れたとか」

「に、にひゃくまん……」

私は目が点。

津場木史郎ブームで、しかも再燃って。

いったいあのろくでなしが、どうしてこうも、隠世のあやかしたちの心を掴んで離さないのか。

「津場木史郎の写真がそれほどあれば、きっと楽に金が稼げると思ったのだろう。全く、そんな男の写真など、ただただ縁起が悪いというものを」

白夜さんが呆《あき》れたようなため息をついた。

熊衛門という泥棒は、小さく身を縮めて、額を地面に押し当てながら、

「お許しくださいダス。反省してるダス。堪忍ダス」

と言う。確かに、極悪人には見えないのよね……

「ねえ、大旦那様。このひと、どうなるの？」

私はこそこそと尋ねた。

「鬼門の地の町奉行に引き渡すしかないだろうね。様々な罪に問われるだろうが。それとも葵、お前はこの者を許すと言うのかい？」

「…………」

熊衛門と言う泥棒は、ただ頭を下げて震え続けている。

もしかしたらこの顔の下では、泣いているのかもしれないし、あわよくば許してもらおうとしたたかな笑みを浮かべているのかもしれない。

私はこの泥棒について、話で聞いた以上のことを知らない。

「いいえ、許さないわ！」

そして私は津場木史郎の孫娘。情に流されて罪人を簡単に許すようなことはない。

なので、アイちゃんを連れて夕がおの台所に戻り、あるものを作って戻ってくる。

それは、納豆トーストであった。

「うわっ、何だい葵、その奇抜な料理は！」

大旦那様もまた、納豆トーストをゲテモノのように言って、青ざめている。

多少納豆臭さが漂っているしね……

「ふふふ。罰として、これを食べてもらうわよ」

そう。罰ゲームとまで言われた納豆トースト。

熊衛門はガタガタに震えて、私の作った納豆トーストと対面している。

あの津場木史郎の孫娘が、悪い顔して罰とまで言っているのだから、これはとんでもないゲテモノ料理である、と確信している怯《おび》えようだった。

「さあ、食べなさい！」

更には、なかなか食べようとしないので、私は無理やり、熊衛門の口に納豆トーストを突っ込んだ。

しばらくの沈黙。

熊衛門はそれをもぐもぐ食べて、じわじわと表情を変えていき、その瞳《ひとみ》を輝かせた。

「お、美味《おい》しい……なんだこれは……納豆革命ダス……っ」

その言葉に、私はニヤリと笑う。

そして、熊衛門の前でしゃがんだ。

「これで罰は済んだわ。おじいちゃんの写真も戻ったし、私は別に、もう終わりでいいと思うのよ。二度と、夕がおに不法侵入なんかしないと誓ってくれたらね」

「う、うう〜。鬼嫁殿〜〜っ」

「言っとくけれど、次はないわよ」

「分かっているダス。もうしないダス〜〜」

熊衛門はそのつぶらな瞳からポロポロと涙をこぼし、残りの納豆トーストを貪《むさぼ》った。

病のお母さんを助けながら、この先も延々と借金を返していかなければならないのは、とても大変だろう。哀れだとすら思う。

だけど、私たちは立場もあるし、他の者たちに示しがつかないので、もうこれ以上は助けてあげられない……。


「久しぶりに帰ってきたと思ったら、皆しゃん揃って何ごとでしゅか〜？」

その時、どこからか聞き覚えのある、気の抜ける赤ちゃん言葉が聞こえた。

キョロキョロしていたら、私の足元から「ここでしゅ〜」と声が聞こえ、何かに着物の裾《すそ》を引っ張られた。

視線を下げると、そこに緑色の小さく丸いものがいる。

小枝に小さな風呂敷をぶら下げて、それを担いでいるのは、小さな小さな一匹の手鞠河童だった。

何と言っても、赤い前掛けが特徴的。

「あんた……っ、チビじゃない！」

私は思わず大きな声をあげてしまった。

そう。自称・葵しゃんの眷属《けんぞく》だったくせに、現世を旅すると言って半年前に出て行った、手鞠河童のチビがそこにいる。

「あー？　チビでしゅけど、何か？」

首を傾げて、何食わぬ顔して、ぼけ面を堂々と晒《さら》す。紛れもなくチビだ。

でも、なんだか少しだけ体が大きくなったかしら。

「やあ、チビ。久しぶりだね。現世の旅は楽しかったかい？」

大旦那様がチビに声をかける。

「鬼しゃん、ただいまでしゅ。まあまあ楽しかったでしゅ〜」

チビは水かきのついた小さなおててを掲げて、大旦那様に挨拶《あいさつ》をする。

「せっかくのチビの帰還なのだが、実は今、この盗人《ぬすっと》の罪を裁いていた所なんだ。悪いけれど、再会を喜ぶのは、このあとでもいいかい？」

「罪人しゃんでしゅ〜？　悪いことしたんでしゅ〜？」

「そうとも。葵の大事な写真を盗もうとしたんだよ」

「あー？」

大旦那様が、チビにもわかるよう、あれこれ説明してくれた。

チビはアホ面のまま聞いていたが、何を思ったのか縁側を降り、ペチペチと熊衛門の前まで歩いていくと、つぶらな瞳でじっと熊衛門を見上げる。

熊衛門は見知らぬ小さな低級妖怪《ようかい》に見つめられ、ぽかんとしていた。

チビはポンと熊衛門の膝《ひざ》に、水かき付きおててを当てる。

「世知辛い世の中でしゅ。僕も気持ちはわかるでしゅ。色々と大変でしゅけど、これあげるんで元気出してくだしゃい～」

そして、何かを河童《かっぱ》の甲羅から取り出して、熊衛門に差し出した。

小さな……なにあれ？　紙片？

あんまり小さいので見えない。私はチビの方へと近寄った。

「あ」

そしてやっと、チビが熊衛門に差し出したものが何なのか理解する。

「あんた、それ〝金の天使〟じゃない！」

現世の、とあるチョコレート菓子の蓋《ふた》に、ごく稀《まれ》についているアレ。

金、銀……の天使の絵柄の……ええと、これを集めたら、何か特別な景品と交換できるんだっけ？

「あああ！」

白夜さんが、らしくない声をあげた。

「金の……天使、だと？　それは今、隠世でコレクターによる取引が盛んで、売れば百万になる代物だぞ」

「えええええええっ⁉」

このお菓子、いくらだったっけ？　と私は考える。

とはいえ、現世でも貴重といえば貴重だった。私、今まであのチョコレートのお菓子を何回か食べたことあるけれど、銀の天使が二回しか出たことないもの。

「現世で食べたチョコレートのおやつでしゅ。超珍しいアタリなのでしゅ。いっぱい食べてたら出てきたでしゅ。金の天使、僕のお宝だったけどあげるでしゅ～」

チビは隠世で高値で売れるそれを、惜しむそぶりもなく熊衛門にあげてしまった。

「これを売って、生活の足しにするといいでしゅ～」

熊衛門が罪人であることに警戒すらせず、なんの見返りも期待することなく。

いつも通りの、ピュアな瞳で。

「な、なんて慈悲深い河童ダスか……後光が見えるダス……緑の天使ダス……」

熊衛門は、金の天使を迷いなくくれたチビを前に、手を合わせて拝んでいる。

チビってこんなに慈悲深かったっけ？　懐が深かったっけ？

私もまた、すっかり驚かされてしまった。

結局その後、熊衛門は釈放されて、金の天使と、チビの優しさを胸に、病の母親の元へと帰った。

チビの出現のせいで、私の慈悲深い納豆トーストの件が霞《かす》んでしまったけれど、まあ、終わりよければ全てよし、か。チビの成長を見られたことだし。

「それより僕、お腹すいたでしゅ～？　葵しゃん、何か作ってくだしゃい～」

「はいはい。あんたにも納豆トースト作ってあげるから夕がおにおいで。チビも、旅の話を聞かせてよね」

「はいでしゅ～。色々あったでしゅ。潰《つぶ》されかけたり、攫《さら》われかけたり」

「……ん？　意外と物騒な旅のお話になりそうね」

とりあえず、おかえりなさい、チビ。

無事、私のもとに帰ってきてくれたことが、何より嬉《うれ》しい。

第四話　七月〜隠世的第一次タピオカブーム〜

情報通のお客さんに聞いたところ、何でも南の地では、タピオカなるものが流行《はや》っているらしい。

その話を聞いて、

「へえ〜現世《うつしょ》のタピオカブームに乗ったのねえ」

なんて呑気《のんき》に考えていたら、隠世《かくりよ》の若者たちの間で、一気にどでかいタピオカブームが巻き起こった。

タピオカミルクティーはもちろんのこと、隠世のあやかしらしく、タピオカ抹茶ミルク、タピオカほうじ茶なども人気のようだ。

あのもちもち食感が、あやかしたちの大好きなお餅《もち》っぽいところもあって、すぐに受け入れられたという。なんだか分かる気がする。

「しっかし、若者の発信力って侮れないわよねえ〜」

「何を言ってるんですか。葵《あおい》さんだって若者ですよ」

私が年寄り臭いことを言っていると、銀次《ぎんじ》さんにすかさずつっこまれた。

ちょうど、銀次さんと一緒に、夕《ゆう》がおで絹さやの筋とりをしていた時に、その話題が出たのだった。

「しかし確かに、若者受けのいいスイーツを現世より輸入し、全力で押し出してブームを作った南の地の手腕は素晴らしいです。年配の常連客をターゲットにした高級宿路線の天《てん》神屋《じんや》と違って、もともと若者のお客様が多いリゾートですからね、南の地は」

そうなのだ。南の地とタピオカは、最初から相性がよかった。

タピオカの材料であるキャッサバの栽培も、暖かい南の地が最も適していることもあり、かの地の八葉《はちよう》である乱丸《らんまる》は、この栽培を農家に働きかけ推進しているという。

要するに、現在、タピオカブームに乗って南の地は凄《すさ》まじく繁盛しているのである。

それでまあ、今年の行きたい観光地ランキングで、鬼門の地は南の地に逆転されてしまったのだけれど……

「凄《すご》いわねえ。現世のタピオカブームをいち早く取り入れた立役者は誰なのかしら。現世に詳しい人がいるのかな」

「いや、乱丸が直々に現世に訪れた際、渋谷《しぶや》で目をつけたらしいですよ」

「渋谷……乱丸が渋谷にいるのを想像すると、ちょっとウケるわね」

現世出身、一応若者の私がいながら、南の地のあやかしたちに先を越されてしまったというのが、少々悔しい気もするけれど……

でも、うちも今、生食パンを使った朝食プレートやルームサービスが好調だし。

銀天街《ぎんてんがい》に出した天神屋系列の生食パン専門店が、毎日行列を作るほど好調だし。妖都《ようと》にも出店する予定だし。

「でも、このタピオカブームにあやかって、うちでも少し、タピオカスイーツ作ってみようかなー」

「あ、いいですね。葵さんが扱うと、また少し違った、タピオカの可能性が見出《みいだ》せそうです。乱丸にも少し相談してみましょう」

なんて話をしていた、数日後。

南の地の折尾屋《おりおや》より、ある相談事のため、私が呼ばれたのだった。


折尾屋という宿は、南の地の海沿いに造られた高級リゾートお宿である。

どの客室からも美しい海が見えると大好評だ。

今日も今日とて海が眩《まばゆ》く、水着姿でブルーオーシャンを楽しむ若いあやかしたちで賑《にぎ》わっている。

「よくきたな、津場木《つばき》葵」

乱丸とは南の地・折尾屋の旦那《だんな》頭であり、犬神のあやかしだ。

赤毛の長髪と、赤毛の耳と尻尾《しっぽ》。浅葱《あさぎ》色の派手な羽織が特徴的で、隠世でも存在感のある大物妖怪だ。

かつては天神屋を敵視していて、銀次さんと私を攫って南の地でこき使うなど、ヒールな一面ばかりを見せつけていた男だったが、それも今となっては昔の話。

現在、天神屋とはいい関係を築いているし、お互いに困ったことがあれば助け合う同盟関係もある。天神屋と折尾屋合同でやってきた企画も、数え切れないほどあるのだ。

とはいえ、どこかでライバル意識があるのも確かで……

「タピオカで当てたのか何なのか知らないけど、そのドヤ顔やめてくれる？」

折尾屋で私を出迎えた乱丸の偉そうな態度に加え、ちょっと優越感あるキラキラした感じが、私としては若干ムカつくのだった。

「ふっ。現世出身の人間のくせに、タピオカに目をつけられなかったからって、そう嫉妬《しっと》するな、津場木葵」

「別に嫉妬してないわよ。鬼門の地じゃ、原材料を入手できないかもって思っただけよ」

「キャッサバか……。悪ぃな、地産地消で」

「ダメだわこの男。完全にタピオカドリームで舞い上がってる」

「葵さん、相手にしてはいけません。乱丸はちょっと調子に乗りやすいのです」

銀次さんは、こそこそと私に耳打ちする。

乱丸と銀次さんは兄弟のように育った仲であり、銀次さんはもともと折尾屋で働いていた。乱丸の、意外と調子づきやすい性格を、誰よりわかっている。

「それで、いったい何があって私を呼び出したの？　私だってこれでも色々忙しいのよ。うちだって生食パンが好調なのよね」

私もまた腕を組んで、余裕ぶる。

タピオカブームにあやかろうなどという思惑が少しでもあったことを、一旦《いったん》横に置きつつ、うちの好調商品をアピールしたり……

「他でもない、タピオカについてだ。お前に依頼したいことがある、津場木葵」

という感じで、早々にお仕事の話が進む。

折尾屋の会議室で乱丸が言うことには、タピオカドリンクの成功に伴い、その手の茶房を作るらしいのだが、タピオカドリンクと良くあう軽食メニューの考案に難航しているらしい。

そのメニューを私にプロデュースしろ、と言うことのようだ。

「もちろん報酬は弾む。協力してくれるというのなら、夕がおにタピオカ一年分も無償で提供しよう」

「お、それいいわね」

調子に乗っている時の乱丸は気前がいい。

と言うわけで、私は早速、タピオカ茶房のフードのプロデュースに精を出すこととなる。

夕がおの営業は週一で、予約制をとっているため、時々こうやって、各地でのプロデュース業で忙しくなる時がある。

今話題の、南の地のタピオカに関われるのは光栄だし、一年分のタピオカの提供は願ってもない。

ここで成功を収めたら、ノウハウを天神屋に逆輸入してやる……っ！


「へぇぇ〜。随分とおしゃれな茶房ねぇ」

そこは海沿いに造られた、まだ新しいガラス張りの茶房だった。

テラス席もあり、そこからキラキラと眩い海が見渡せる。

今時の和モダンと言った雰囲気の茶房だ。

まだ準備中ではあったものの、これだけ雰囲気のいい新しいカフェで、さらにはタピオカドリンクが楽しめるとあっては、若者たちの新たな流行の拠点となることは間違いないだろう。

用意してもらったのは、今南の地で一番人気のタピオカミルクティー。

こだわりの茶葉を使った、烏龍茶《ウーロン》ベースの甘さ控えめなミルクティーに、もちもち黒糖タピオカがたっぷり入っている。

タピオカを吸い込むことの出来る太めのストローで、それを一口飲んだ銀次さんが、わかりやすく耳をピンと立てる。

「ん。あれ！　想像してたよりずっと美味《おい》しいです」

「銀次さん、あまり美味しくないって思ってたの？」

「いや〜。見た目もあって、食わず嫌いで」

まあ、確かにちょっと、カエルの卵っぽいと言うか……

しかし確かに、これは美味しい。

最近のタピオカミルクティーって、そもそもお茶に拘《こだわ》っているから、ミルクティー自体がめちゃくちゃ美味しいのよね。

南の地のタピオカミルクティーも、豊かで濃い茶葉の香り、味わいを感じる。

いわゆる西洋の紅茶ではなく、東洋のお茶がベースであることがポイントだ。ここ南の地の一番人気のタピオカミルクティーも烏龍茶《ウーロン》ベースのようだし、東洋風の味であれば、隠世のあやかしたちにもすんなりと受け入れられやすい傾向にある。

なるほど。これは売れるわ。

「現在は、このタピオカミルクティーの専門店、いわゆるティースタンドを南の地のあちこちに出店している状態だ。茶葉の種類や、甘さや氷の量、トッピングのアリナシを、自分の好みで選ぶことができる」

「ウンウン。現世の専門店も、そんな感じだったわ」

カフェというよりは、ティースタンドでの、持ち帰りに近い状態での販売。

休憩できる席があるお店もあるけれど、現世でもタピオカミルクティーを片手に、飲み歩いている若者を見ることの方が多かった。

「今回の取り組みは、この自慢のタピオカミルクティーを飲むことのできる、ゆったりとした茶房を開くということだ。食事もできるよう、タピオカミルクティーに合う軽食なんかを用意しなければならねえ。しかしなかなか、合うものが見つからなくてな」

「さすがに、おにぎりや蕎麦《そば》、うどんという感じでもないですしねえ」

乱丸と銀次さんが「うーん」と唸《うな》っている。

隠世風の茶房だと、和風スイーツに対する軽食って、蕎麦などになりがちだ。

だけどタピオカミルクティーだと、そう言った和風の軽食が、やっぱりいまいち嚙《か》み合《あ》わない。

「タピオカミルクティーって台湾発祥だし、台湾スイーツや点心と組み合わせるのがいいと思うのよね。飲茶《ヤムチャ》的な」

「と言いますと？」

首を傾げる銀次さんに、私は提案を続ける。

「例えば、肉まんやあんまん、海老《えび》シュウマイや小籠包《しょうろんぽう》でしょ。あとは中華麺《めん》の麺類とかよね。台湾ラーメンとか、担々麺《たんたんめん》とか酸辣湯麺《スーラータンメン》とか。最近じゃトッピングが華やかなお粥《かゆ》もよく見るかも。台湾スイーツで言ったら、杏仁豆腐《あんにんどうふ》や、マンゴープリンってとこかしら。最近じゃ豆花《トウファ》とか人気みたいだけど」

「豆花とは？」

「甘い蜜《みつ》をかけた豆腐のスイーツよ。フルーツや、甘く煮たお芋や豆、それこそタピオカをトッピングして食べるの」

乱丸は顎《あご》に手を添え、

「その豆花というのは気になるな。それに、マンゴープリンなら、すでにこの地に根付いている」

「そうよ。そもそもマンゴーが南の地の主力商品の一つなんだから。マンゴーとタピオカは、相性いいはずよ。いっそマンゴーカレーを出してみなさいよ」

例のレトルトのマンゴーカレーを、ここぞと押しておく。

「うむ。マンゴーカレーは確かにアリだな。だがもっと多くの、甘くない軽食を充実させてえ。となるとやはり、その手の点心を増やすべきだろうか」

「そうねえ……」

というわけで、私は鬼門の地と南の地を行き来しながら、茶房の軽食、点心などの開発をすることになる。

隠世のあやかしたちに受け入れられる、かつ、本場の雰囲気を壊さず、かつ、南の地の名物をさりげなく取り入れつつ……

なかなか難しそうだが、プロデュースしがいがありそうだ。


その日は夕がおで、肉まんや小籠包、麺料理などを作ってみた。

日々作っている従業員の定食が、この時ばかりは飲茶セットになったくらい。

肉まんは、点心の王道中の王道。

隠世でもそれなりに知名度があって、五目を使ったボリュームのある肉餡にすれば、隠世のあやかしたちも気軽に食べてくれる。定食でも好評だった。

小籠包は肉餡《あん》を薄い皮で包んだもの。

中に肉餡の汁がたっぷり入っていて、これが口の中で弾《はじ》けてアツアツに身悶《みもだ》えしつつ食べるのが美味しい。隠世ではまだまだ知名度が低いのだけれど、一度浸透したら、きっとみんな大好きになると思う。

中華麺を使った麺料理もいくつか考案した。

最初は醬油《しょうゆ》ベースのあっさりしたシンプルなラーメンを作ったのだが、南の地は魚介が豊富だし、海鮮の出汁《だし》のラーメンでもいいかも。鯛《たい》出汁のラーメンとか。

あと、きっと隠世のあやかしが好きであろう、ちまきも欠かせない。

もち米を笹の葉や葦《あし》の葉などで包んで蒸したもので、隠世でも当たり前のように食べられているが、台湾ちまきはチャーシューや味つき卵、筍《たけのこ》や椎茸《しいたけ》などを甘辛く煮たものなんかを混ぜ込んでいる。

ドリンクとプラスで、ちょっとしたおやつにも良さそうだし、アリ寄りのアリ……

「あれ？　なんだかたくさん、いいアイディアが出てくるけれど、これ全部、折尾屋の利益になるのよね？」

しばし考える。

ライバルお宿の折尾屋に、私がこれほど貢献する意義は何処にあるのか、と。

「いっそ鬼門の地の名物ぶち込んで、折尾屋にこれを大量に買わせる感じの方向でもいいかもね……」

そこのところも忘れない。

鬼門の地の名物と言えば食火鶏《ひくいどり》だ。

台湾のお料理って豚肉を使うことの方が多いけれど、隠世のあやかしたちは鶏肉を非常に好む。

と言うわけで、ビッグサイズでピリ辛な、五香粉というスパイスの利いた台湾唐揚げも提案しよう。現世でも最近話題を呼んでいると、何かで読んだ。平たくて、衣がザクザクで、とにかく大きな唐揚げだ。

いや待て。これはいっそ、天神屋で売った方がいいのではないだろうか？

折尾屋の計画している茶房がうまくいったら、銀天街にも支店を誘致し、それこそ銀天街店にしかない料理、みたいな感じで……

「ふふ、うふふ」

私はすっかり、天神屋の大女将《おかみ》見習い、そして噂の鬼嫁である。

色んな野望があって、商売的な駆け引きも、ここ最近理解できるようになってきた。

隠世で色々なことに挑戦するのは、とても楽しい。

以前は借金というプレッシャーもあったけれど、今はただ、天神屋という宿のために、他の地域のあやかしたちと協力し合いながら、よりもっと大きなことができる。

もちろん、何もかもが、思い描いていた通りに上手《うま》くいく訳ではない。

だけどやっぱり挑戦するって楽しいし、エネルギーを使う分、美味しいものでお腹を満たしたくなる。

私の今の夢は、この隠世で色んなことに挑戦するあやかしたちの、食を通した後押しなのだった。

そして私もまた、日々、挑戦することをやめたりしない。

南の地の茶房にて、これらの試食会が開かれることとなった。

私がアイディアの限りを尽くした点心たちを並べて、折尾屋の旦那頭である乱丸や、若旦那である秀吉《ひでよし》、若女将であるねねを招く。

「おお、美味《うま》そうだな」

「へええ〜。私、こう言うのって初めて……」

二尾の化け猿である秀吉と、火鼠《ひねずみ》のねねが、テーブルに並ぶ、私の作ったお料理を物珍しげに覗《のぞ》き込んでいる。

この、秀吉とねね。

二人は夫婦で、実はすでに子どもがいたりする。

まだ幼い男の子で、名前はヒデヤスと言う。確か乱丸が名付け親だ。

みんなにヤス坊と呼ばれているその子は、ヤンチャそうな顔つきが秀吉に似ているけれど、髪色はねねに近い。そしてどちらかというと火鼠の性質を備えている。

「こんにちは、ヤス坊」

「……ちや！」

まだ言葉も喋《しゃべ》れないくらい小さいが、秀吉に抱っこされたまま私に挨拶《あいさつ》するヤス坊はたまらなく可愛い。

　折尾屋でも、みんなに可愛がられているみたいで、乱丸なんて孫が出来たかのように、ヤス坊を甘やかすと言う。

「さあみんな、どんどん食べて、意見をちょうだい！」

　早速、試食会が行われた。

　折尾屋の幹部たちによる試食は緊張もするけれど、そもそも台湾系のお料理を食べるのが初めてな者もいて、一つ一つを説明しながら食べてもらうのは、とても楽しい。

　一番ウケが良かったのは、予想通り、小籠包だった。

　現世でも専門店があるほど人気が出た点心だけれど、味は王道で、なおかつジュッと滲《にじ》み出る美味しい肉汁に、驚きと喜びがある。

　隠世ではまだそこまで知名度が高くなく、これから人気が出そうだと言うところもアピールポイント。蒸籠《せいろう》で出す見た目の良さも、若者向けの茶房にぴったり。

　その次に、乱丸が個人的に気に入っていたのが、鯛出汁のラーメンだ。

　あっさりとしていながら奥深い味わい、それでいて、折尾屋の魚介もアピールできる麺類が、ひとつ欲しいと思っていたようだ。

　秀吉はちまきが好きだと言い、ねねは肉まんをヤス坊と分け合って、美味しそうに食べている。色んなところに添えていたパクチーだけは、みんなに不評だった。

銀次さん的には、辛いお料理が何か一つあったらいいのでは？　と言うことだった。

確かに、出揃った王道の点心の中に、辛いメニューがあると、客層にもう一つ広がりができるかもしれない。何より、辛いものと甘いタピオカドリンクは、合いそうな気がする。

台湾唐揚げを、本格的に考えてみてもいいかも。

「ところで、ここ最近ずっと葉鳥《はとり》さんの姿をずっと見ていない気がするけれど、葉鳥さんどこにいるの？」

試食会の途中で、気になっていたことを折尾屋の面々に問いかける。

すると、乱丸と秀吉がお互いに顔を見合わせた。なんだか訳ありの表情だが。

「言ってなかったか？　あいつは、折尾屋を辞めたぞ」

「えええっ⁉」

ここ最近で一番驚いた。

葉鳥さんとは天狗《てんぐ》のあやかしで、元折尾屋の番頭で、途中からよくわからない役目をあれこれこなしていたけれど、今もまだ折尾屋にいるものだとばかり思っていた。

確かに、一つのところに留《とど》まれない、フラフラッとしたところはあったけれど……

「で、いったいどうして折尾屋を辞めちゃったの？　誰かと喧嘩《けんか》したとか？　お客様とトラブルがあったとか？」

「まあ、落ち着け津場木葵。別に、仲がこじれた訳じゃねーよ。一時的な円満退職だ」

「一時的……？」

混乱しておろおろする私を、乱丸たちは至って冷静に落ち着かせた。

「葉鳥のやつ、朱門山《しゅもんさん》に帰ることになったんだ。あっちも色々と大変そうでな」

と秀吉。

「そうそう。なんか、お見合いとか、たくさんさせられてるらしいわよ」

と、ねね。

「松葉《まつば》様がまた何かやらかしたようで、派閥争いとかあるんだと」

「そうそう。若君は少し気が弱いところがあるしね。他の派閥が台頭してきてるから、兄弟たちが集められているみたいよー」

「へ、へえ……」

なんだかイマイチ事情が摑《つか》めない。

ただ、天狗たちの住まう朱門山へ帰ることになったのは、葉鳥さんが何かと頼りにされているということだと思うので、そこは一安心。だって、一時は松葉様ととても仲が悪くて、朱門山からも破門されていた、逸《はぐ》れ天狗だったからね。

ただ、葉鳥さんが折尾屋に居ないのは素直に寂しい。

それに、あの葉鳥さんがお見合いをしなければならない状況って、朱門山も結構、大変なことになっているのかも？

葉鳥さん、自由と独り身をこよなく愛し、謳歌《おうか》してそうだったのに……

「それはそうと、秀吉とねねは順調そうね。今、二人目がお腹にいるんでしょ？　おめでとう、ねね」

私がねねを祝うと、ねねはポッと頬を赤らめ「ありがとう葵」ともじもじする。

「ねね。お前、立ちっぱなしじゃ辛《つら》いだろ。少し座ってろよ」

「べ、別に大丈夫だって、秀吉」

しかも秀吉は人前でも妻を気遣い、優しそうだし。幸せそうで、ニヤニヤする。

この二人が結婚すると聞いた時は、お涼《りょう》と一緒になって、随分と驚いたっけ。

怒りっぽい秀吉と落ち込みやすいねね。

もともと幼馴染《おさななじみ》同士で、お互いのことはよくわかっていそうだったけれど、大丈夫かしらと不安もあった。でも私の心配をよそに、お互いを支え合いながら、それでいて成長しながら、仲のいい夫婦でい続けている。

もともとねねは乱丸に憧《あこが》れ、秀吉がねねに恋をしていた。折尾屋で行われる百年に一度の儀式が無事に終わり、その後、覚悟を決めた秀吉の熱烈アピールの結果、ねねが受け入れ、結婚に至ったらしい。

あの頃に比べて、今の二人は随分と落ち着きが出てきた。

ねねのヤス坊を前にした姿はすっかりお母さんだし、秀吉はいい夫、いい父、そしてよく働くいい若旦那《だんな》をやっている。

二人は喧嘩っぽい喧嘩もしないと言うし、暁《あかつき》とお涼のところにも見習ってほしいわ……


「そういう葵は、天神屋の大旦那《おおだんな》様とどうなのよ」

「へ？」

唐突なねねの問いかけに、私は固まった。

「式もまだ挙げてないみたいじゃない。え、新婚旅行もしてないの？　大旦那様って意外と甲斐性《かいしょう》なし？」

と、真剣に心配しているねね。

「子どもはまだなのか？　子どもは可愛いぞ？」

と、ヤス坊を抱っこしてあやしている秀吉。

「つーか式は、天神屋じゃなくて折尾屋で挙げた方がいい。お前たちになら、最高級、最高値の豪華絢爛《けんらん》プランを用意するぜ」

と、いつの間にかタピオカミルクティーを片手に持った、乱丸。

折尾屋の連中ったら、これ見よがしに好き勝手なことを言いやがって……

「いやーでもーそのー」

私は遠い目をしながら、言い訳を考えたりしたけれど、どうにも思いつかない。

むしろ確かに、大旦那様と私って、結婚してからも、これと言って何も変わらないというか。

いまだ部屋も別々だし、夫婦らしいことってあまりしてないというか……

「ま、まあまあ。色々と忙しい時期ですからねっ。それに、葵さんの自由な挑戦を応援したいという、大旦那様の御心でもありまして……っ」

目を泳がせ、何も言えなくなった私と、好き勝手に言われている大旦那様を、銀次さんが慌ててフォローする。

苦しそうな表情が、フォローの大変さを物語っている。

「あっ！　そう言えば、ここの茶房って、何という名前にするの？」

「露骨に話を逸《そ》らしたな……」

折尾屋の面々の視線が痛いけれど、私は素知らぬ顔。

乱丸がため息をついて、懐から巻物のようなものを取り出した。

「茶房の名前は決めてある。俺が昨日、夢の中で思いついた」

「……乱丸って、結構アバウトなところがあるわね」

「意外とロマンチストなのです……」

私と銀次さんがヒソヒソ言うのも聞こえないフリをして、乱丸はその巻物をバッと開いて見せつける。

「ズバリ、太日尾華茶房《タピオカ》だ！」

「………」

ダメだこいつ、すっかりタピオカに脳内を侵されている。

実は、前々から色んな合同企画に携わる中で思っていたのだけれど、乱丸ってネーミングセンスがない。秀吉もねねも、焦り顔だ。

「はい！　というわけで、乱丸の微妙な提案から、更に良いお店の名前にしていけるよう、とことん吟味していきましょうね」

「微妙って何だ、微妙って」

「葵さんがプロデュースした茶房を、乱丸の微妙なネーミングセンスでぶち壊す訳にはいきませんので」

「だから、微妙って何だっ！」

銀次さんが上手《うま》いこと場をまとめ、乱丸が憤っている。

いつもならこういう時、センスがあって乱丸にも強く言える葉鳥さんが、何かと軌道修正をしてくれる。

しかし葉鳥さんが居ないとあっては、私たちがどうにかして、いい感じの茶房の名前に変えていくしかない。

まあこんな風に。
以前、いがみ合い、競い合った私たちは、すっかり仲良くやっています。

第五話　八月〜天神屋の幽霊事件〜

夏といえば、肝試しや怖い話。

現世《うつしよ》ではあちこちにお化け屋敷などが出現し、テレビでは怪奇現象などの特番が組まれたりする。

しかしここ隠世《かくりよ》は、そもそもがあやかしの世界だ。

妖怪《ようかい》ばかりが住んでいるし、少し不思議な出来事があっても、私はもう気にしたりしない。ただ……

「で、私が何を言いたいかというと、あやかしたちって幽霊怖いの？　というか、幽霊って隠世に存在するの⁇」

ちょうどお涼《りょう》と、濡《ぬ》れ女の湯守の静奈《しずな》ちゃんを夕《ゆう》がおの縁側に招いて、手作りの葛《くず》アイスキャンディーを振舞っていた。

もっちり食感が面白い、葛粉入りの冷たいアイスキャンディー。

いちごやマンゴー、桃などの果肉やソースを使って、フルーティーで色とりどりの味を揃えている。もっちりシャリシャリとした食感が面白いだけではなく、このアイスキャンディー、溶けないのだった。

和の素材を使った葛アイスを天神屋《てんじんや》の生菓子コーナーで売ってみたところ、これが見た目の可愛さもあって女性たちに好評だった。

それで、新味であるブドウ味の試食をお涼と静奈ちゃんにしてもらっているところで、こういう話題になったのだった。

「私、現世で暮らしていた時は、時々幽霊の類《たぐい》を見てきたのよ。でもこっちじゃあ、見たことが無いって言うか」

現世では、ほぼ全てが人間の幽霊だったり、一般的な動物の幽霊だったり。

あやかしがさらに幽霊となった現象は、見たことがないのだった。

「いることにはいますよね、幽霊」

と、静奈ちゃんは至って普通に言う。

「あやかしだって生きてるからね。まあ、現世では死者があやかし化するものもいるみたいだけど、隠世のあやかしって親から生まれるものが大半だから～」

お涼もまた、すでに三本目の葛アイスキャンディーを齧《かじ》りながら。

「な、なるほど……」

線引きが曖昧《あいまい》だが、現世と隠世では、そもそもあやかしの定義が違うのかもしれない。

というわけで、私の疑問に対する答えは出た。

隠世にも幽霊はいる。あやかしも死んだら幽霊になって化けて出ることはある。

と、その時だ。お涼は何かを思い出したように「あっ」と顔を上げた。

「そういえば、休憩中に若い仲居の子が言ってたんだけどさあ、天神屋にも、時々出るらしいわよ、幽霊」

「え？」

私が軽くビビっていると、静奈ちゃんもコクコクと頷《うなず》く。

「もともと噂のあるお部屋とかありますもんね、天神屋」

「えっ、うそ。初耳なんだけど」

天神屋に勤めて数年経つけれど、その手の話は初めて聞いた。

お涼と静奈ちゃんが言うことには、天神屋にも幽霊の噂というものがいくつかあって、それこそ部屋で眠ったまま召されたあやかしの霊や、ずっと昔にあった湯けむり殺人事件の霊、お風呂《ふろ》場で足を滑らせて死んじゃったあやかしの霊など。

「でもね、私が聞いたのは裏山の幽霊の噂よ。最近、夜中に竹林を白い幽霊がふらついてるんですって。それを若い仲居の子が見たとか、何とか」

「ん？　竹林？」

私は、竹林をふらつく白い幽霊らしきものに、覚えがあった。

「それって、ただのお帳場長の白夜《びゃくや》さんじゃないわよね……？　もしくはふわふわ浮遊している管子猫《くだこねこ》とか」

「私もそれは思ったんだけど〜、でも、どうにもお帳場長様じゃないらしいのよね。確か、長いツノがあるんじゃなかったっけ？　そもそもお帳場長様があそこに入り浸って、住み着いてる管子猫を餌付《えづ》けして可愛がっているのは、天神屋じゃ周知の事実だし」

「そ、そうですね〜……」

お涼が当然のことのように言うと、静奈ちゃんも目を逸らしながら頷く。

そう。白夜さんは隠しているつもりらしいけれど、これは触れてはならない周知の事実であり、みんなあの白夜さんの姿を、どこかで目にしたことがあるのだった……

それにしても、長いツノのある白い幽霊、か。

私は葛アイスキャンディーをモグモグと食べてしまいながら、そのことについて、キンキンに冷えた頭で考えた。

「ねえ。それ一応、白夜さんに伝えたほうが良くない？　今、銀次《ぎんじ》さんいないし、大旦那《おおだんな》様も現世出張に出ているし」

「そうねー。少し前に、泥棒騒動もあったばかりだしね」

「熊のあやかしの泥棒が、葵《あおい》さんのお部屋に侵入したんですよね？　あまり大騒ぎにはなりませんでしたけれど、危険なことは無かったんですか？」

静奈ちゃんが心配して聞いてくれた。

「うん。私は全然。むしろチビが、泥棒を救っちゃったくらい」

私は、膝《ひざ》の上できゅうり味の葛アイスキャンディーを齧っているチビを見下ろした。

チビは「あー？」と、もうそのことを忘れたかのようなアホ面をかましていたけれど。

その後、私たちはさっそく白夜さんのいるお帳場室に行き、裏山の幽霊騒動について話をしてみた。

すると白夜さんは、すっかり血相を変えて立ち上がる。

「なにっ⁉　それは真相を確かめねばならん！　もしかしたら管子猫たちの密猟者かも……いや！　それより！　幽霊がいるなど天神屋の評判に関わる！」

「…………」

管子猫たちが心配で仕方がないんだろうな……

ここにいる誰もがそう思ったけれど、白夜さんは一応体面を保ちつつ、この幽霊騒動の調査と解決に乗り出すこととなった。

「で、何で私も見回り役なの、白夜さん」

「仕方がなかろう葵君。今日、暇そうにしているのは君だけなのだ。それに私が管子猫たちを匿《かくま》っているなど、君しか知らない」

いや、みんな知ってるけど……

真夜中の竹林で、白夜さんと二人で見回りなんてついてない。

だけど、竹林には白くて可愛らしい管子猫も住んでいて、私はその子たちに会うのは楽しみだったりする。お土産のパンの耳も持ってきているしね。

「あ、葵たまだ～」

「白夜たまもいる～」

「おみやげはおみやげは～」

竹林の奥まった一角に、その子たちはいる。私たちが訪れると、竹を切った筒の中からニュルンと出てきて、宙を漂いながら愛らしく群がる。管子猫とはそう言うあやかしだ。

手鞠河童《てまりかっぱ》に勝るとも劣らない、超か弱い低級妖怪。細長い体をしていて、常に笑顔で機嫌がいい。これといった害もないが、何かの薬の材料になるとかで、密猟者が絶えないのだとか。

「葵たまースキー」

「すきすき～」

「ぱんのみみは～？」

「ぎゃあっ、待った待った、ちゃんとみんなの分あるから、落ち着いてちょうだい」

害がないとは言っても、人間の女性が好きな管子猫にとって、私と私の作るパンはマタタビのようなものだったりする。

彼らに悪気はないのだが、白くて細長い彼らは熱烈に私を取り囲むので、はたから見ると獣たちに捕食されている哀れな獲物に見える、とか何とか。

「お前たち、整列！」

ただ、白夜さんがこのように号令をかけると、管子猫たちは私から離れて列を成す。

白夜さんは管子猫たちを溺愛《できあい》し、ここで匿って育てているのだが、躾《しつけ》ることも忘れていないのだった。

「こうやって整列してくれたら、餌もあげやすいのよね。はい、生食パンの耳、一本ずつよ」

「わーい、なまのほうだー」

「なまをたべたら、もうもどれません」

管子猫たちがパンの耳をムシャムシャと食べ、ご機嫌でいるところで、白夜さんは手のひらに扇子を打ち付け彼らに質問をした。

「今日はお前たちに聞かねばならないことがある。最近、この辺で白い幽霊などと言われているものがふらついているらしく、従業員たちがそれを目撃している。もしかしたら幽霊などではなく、ただの不法侵入者かもしれない。密猟者なら危険だ。お前たち、何か心当たりはないか？」

「しろいゆうれい〜〜？」

管子猫たちはそれぞれ顔を見合わせ、

「あれかなあ？」

「あれだねえ」

「あれに違いないよねえ」

などと話している。どうやら心当たりがありそうだ。

「おい、何があったんだ」

白夜さんは片眼鏡を光らせる。

「あのねえ、白夜たま」

「あいつら、きっと今夜、いっぱいでるよ」

「いっぱい？　出る？」

「こっちこっちー」

管子猫たちは、群れをなして私たちをどこかへと導く。

そこは竹林を道なりに行った場所ではなく、細い横道に逸れて行った、私も足を踏み入れたことのない場所だった。

竹林から少し外れた断崖《だんがい》の、暗く陰った場所。

その断崖の側面に、白く丸い、仄《ほの》かに光ったものが点々としているように見える。

「あれって……」

「これよこれ～」

管子猫たちがそれに群がる。私たちも、もっと近寄って確認した。

「え、何これ。白いキノコ……？」

驚いた。そこにはぷっくり膨らんだ白いキノコが生えていたのだった。

「!?」

しばらく見ていると、そのキノコはバフッと胞子を吹き出し、それが白い帯をなして漂う。次第にそれは、小さな人のような形を成して、フラフラとこの場から遠ざかり始めるのだった。

「な、なにあれ……」

奇妙なものを見てしまった気がして、私はぽかんとしている。

ただ白夜さんは、何かを確信したようだった。

「なるほど。あれが幽霊騒動の原因だな。入間茸《いるまだけ》が原因だったとは」

「入間茸??」

聞いたことのないキノコだ。

「とても希少なキノコでな。私ですら、現物を見たのは今まで三度ほどしかない」

三度はあるんだ、とか思いながら、私は白夜さんの説明を聞く。

「ここにある入間茸は白濁色のカサを持っているが、普段は姿を消している」

「姿を消しているって？」

「いわゆる透明キノコなのだ。今日のような、前日に雨が降った後の、湿り気のある日の夜にしか姿を現さない。そして、姿を現している間に、その胞子を撒《ま》くのだ。胞子は人のような姿となって、遠くへ移動する」

「へぇえ。隠世には変わったキノコがあるのねえ」

だけど、なるほどとも思った。

竹林を手入れしているお庭番がこのキノコを見つけられなかったのが不思議だったのだが、お庭番は夜になると、天神屋周辺の警護で忙しくなる。普段は透明キノコならば、見つけられないのかもしれない。

ふわふわ、ゆらゆらと。

人の形をした胞子が、ぼんやりと白く光りながら移動する。

それを胞子だと知らずにいれば、確かに幽霊と見紛《みまが》うだろう。

天神屋の従業員が、竹林を通って炭酸や酒を取りに行くことがあるから、それで目撃した人が多数現れたのね。

「で、白夜さん。あれ、どうするの？　毒キノコだったりしたら大変よ」

「毒キノコではない」

白夜さんは顔を扇《あお》いでいた扇子をぴしゃりと閉じる。

「むしろ、非常に珍しい高級食材だ」

「え、高級食材？」

私の耳がピクピクと、そこのところに反応した。

「葵君は運がいい。あれだけ大きく育っていたら食べ頃だろうからな。それに、見えている間でなければ、採って帰ることはできない」

「うそっ、じゃあ今夜中に、全部持って帰らないと！」

私はこの話を聞くや否や、必死になって断崖に生えているキノコを毟《むし》り取る。

私がそんなことをしていても、白夜さんは手伝ってもくれず、ただそこで管子猫たちと戯れている。

「さあお前たち、これを取ってこーい」

「わーい」

「きょうそうだー」

どこからか取り出したお手玉を投げて、誰が最初にそれを取ってくるかというような遊びを、管子猫たちとしているのだ。きゃっきゃ、うふふ、と。

なんだこの絵面……

こっちの方が、この夏を涼しくしてくれるホラーか怪奇現象に違いないわ……

「ふう、これでよし」

私は入間茸を必要な分取ってしまい、いつも持ち歩いている風呂敷《ふろしき》に包んで「よっ」と抱える。

白夜さんはというと、管子猫たちと遊び疲れて、大きめの岩に座り込んでいた。

「終わったか。では天神屋に戻って、幽霊騒動について報告せねば」

「ええ、そうね。でもよかったわね白夜さん。管子猫が密猟されてないか、心配だったのでしょう？」

「は？　べ、別に私はー」

今更もごつく白夜さん。そんな白夜さんに、まだまだ遊び足りない管子猫たちが群がる。

「えー、白夜たま、ぼくたちがしんぱいだったの〜？」

「いなくなったら寂しいの〜？」

「おい、調子にのるなよ子猫ども。お前たちは警戒心がないのがいけない」

「えー」

白夜さんが、自分をからかう管子猫たちを窘《たしな》めていた、その時だった。

竹林の方から「あーれー」「おたすけ〜」と言うような、管子猫たちの緊迫感のない悲鳴が聞こえてきたのだ。

「!?」

これを聞いた白夜さん、血相を変え、声のする方へとダッシュする。

「び、白夜さん!? ちょっと待ってよ〜っ!」

普段、走ることとなんてなさそうなのに、あの人って走ると超速い。

私も必死になって追いかける。胸に入間茸を抱えて。

竹林の奥では、そこに残っていた管子猫たちが、ウニョウニョと逃げ惑っていた。

「おい、お前たちどうしたっ!」

「白夜たまー、たすけてー」

「さらわれちゃう〜」

よく見ると二人組の男がいる。何者なのかはすぐにわかった。

この天神屋の敷地内に侵入し、管子猫たちを引《ひ》っ摑《つか》んで竹籠《たけかご》に詰め込み、攫《さら》っていこうとしている密猟者だ。

大と小の体格をしている二人組の男は、凄《すご》い速さで走ってくる白夜さんの存在に気がつき、慌てて逃げようとした。

「くおらあああああっ、密猟者どもおおおおおおっ!!」

しかし白夜さんは、鬼以上の鬼の形相で密猟者を追いかける。絶対に逃がすまいという執念を感じる。

そして、

「曲者《くせもの》！　成敗してくれるっ！」

白夜さんの投げた扇子が、籠を抱えていた密猟者（大）の頭に突き刺さる。

ピューッと血を噴いて倒れた密猟者（大）の籠からは、笑顔の管子猫たちが、ニュルニュルと出てきた。どうやら無事のようだ。

ただもう一人の密猟者（小）は、仲間すら見捨てて逃げ去ろうとしていた。

小柄なだけあって素早いのだが……

「観念するでござる」

竹林からシュタッと降り立ち、疾風《はやて》の如く、その小柄な男の背を取った者がいた。

お庭番のサスケ君だ！

彼は小男の首に腕を回すと、クナイを突きつけ、動きを封じていた。

「やはり密猟者がいたとはな！」

「拙者、ちょうど侵入の跡を見つけ、追っていたのでござる」

そして、白夜さんとサスケ君は二人の密猟者を睨《にら》みつけ、尋問を開始する。

その密猟者によると、高値で売買される管子猫が天神屋の裏山にいるとどこからか聞きつけ、こっそりと忍び込んだようだ。

どうやら今回が初めてのことらしいが、彼らも白夜さんに見つかるとは、運がない……

結局、私たちは幽霊の噂で裏山の調査をしていて、幽霊の正体は全く別のものだったけれど、同時に危惧《きぐ》されていた密猟者を捕らえることができた。

「調査に来ていてよかったわね」

「全くだ。しかしここ最近、侵入者が後を絶たん。お庭番たちには気を引き締めてもらわねば」

ピシャリと扇子を閉じる白夜さん。その音に、ビクッと肩を上げたのはサスケ君。

「せ、拙者、密猟者を町奉行に引き渡すでござるっ！」

そしてサスケ君は、密猟者ごとドロンと消えてしまった。

白夜さんのくどくどしたお説教を回避するとは、さすが忍者だ。

「まったく……」

「まあまあ、白夜さん。私は高級食材をゲットできたし、白夜さんは管子猫を死守したし、これほどハッピーで心温かなお話はないじゃない」

怪談話からこのような展開になったというのに、私はホクホクした心地だった。

幽霊の噂も、実際には幽霊ではなかったのだし、私は結局あやかしの幽霊を見られずじまいだったけれど……

と、その時だ。白夜さんと共に竹林を下っていた途中、背中からひんやりとした冷気のようなものを感じて、思わず振り返った。

「え……」

竹林の小道の向こう側に、何かがぼんやりと佇《たたず》んでいる。

白くて、どこか発光して見えて、更には足が透けている。

入間茸の胞子……？　いや、顔周りはよく見えなかったけれど、人の男性の姿をしていて、頭には二本のツノがある。とても大きな、枝分かれしたツノが。

「あ……」

そういえば、噂話の幽霊には〝ツノ〟があるんだった。

入間茸が噴き出した人形の胞子には、ツノなんて無かったのに……

ゾクゾクゾク、と。

私はすっかり怖気《おじけ》と寒気に見舞われて、

「び、びゃくやさん、あれ、あれ……っ」

白夜さんの服をぐいぐい引っ張って、それを確認してもらう。

「ん？　ああ……あれ……は……」

白夜さんはジワリと目を見開き、その片眼鏡を押し上げる。

そして、遠くにぼんやりと佇む白く透き通ったものは、まさにあやかしの〝幽霊〟であると告げたのだった。

後日、白夜さんの命令で再び裏山全体を、カマイタチが大捜索した。

すると、竹林を抜けた場所にある、あまり人の近寄らない川辺の岩と岩の隙間から、ツノのある雄鹿の遺骸《いがい》が出てきたらしい。

白夜さん曰《いわ》く、この裏山には化け鹿が住んでいたらしいのだが、ずっと昔に姿を現さなくなったのだとか。おそらくこの岩場に体を挟まれて、人知れず死んでしまったのだろう。

やっと供養ができると、白夜さんはもの悲しげに呟《つぶや》いた。

もしかしたら白夜さんは、この化け鹿のことも、管子猫と同じように可愛がっていたのかもしれないな。

第六話　九月～奇《あや》しい薬屋のあやかしたち～

僕は天神屋《てんじんや》の、鬼神の大旦那《おおだんな》。

本名は刹《せつ》というが、そう呼ぶものはとても少ない。

最近では天神屋の営業をすっかり銀次《ぎんじ》や白夜《びゃくや》、暁《あかつき》に任せっきりで、僕は現世《うつしょ》へ出張で赴くことが多い。

特に現世と隠世《かくりよ》の行き来に制限が無くなってからは、積極的に現世に赴き、隠世の地下に眠る汚れを抑え込む薬をより効果的にするべく、調査を進めているところだ。

それで僕は、浅草《あさくさ》にある、とある薬局を訪れていた。

「いらっしゃいませ～。あ！」

薬局で店番をしていた黒髪眼帯の少年は、僕を見るや否や、かなり驚き慌てた様子で、店の奥へ行く。

店の奥からは、派手な羽織を羽織った、片眼鏡の男が現れた。

「おや、天神屋の大旦那様じゃないですか。お久しぶりですねえ」

「やあ、水連《すいれん》」

店主の男は、人の世で商いをする水蛇《みずち》のあやかしで、名を水連という。

胡散《うさん》臭さが際立っているが、こう見えて腕利きの薬師であり、鬼門の地の汚れを浄化する薬の開発に、密《ひそ》かに貢献した者だ。

「大旦那様もお人が悪い。毎度ふらりと現れて、気がつけば隠世に帰っている。俺におもてなしの一つもさせちゃくれないんだから」

「人ではなく鬼なのでね。まあ、気ままなのさ」

僕は窓際にある来客用の椅子に座った。

ここは僕の定位置で、この店に来る時はいつもここに座る。

窓辺には季節外れの、藤の花が飾られていた。

「ど、どうぞ」

「ありがとう深影《みかげ》」

先ほど店番をしていた、黒髪眼帯の少年は少々緊張していたが、僕に薬草茶を運んでくれた。

この少年は店の下働きのように見えるかもしれないが、八咫烏《やたがらす》という現世ではとても有名なあやかしだ。古代日本神話の頃より存在しており、どんなあやかしより崇高で、長生きなのである。

「ぺひょ～？」

彼の足元には丸めのペンギンの雛《ひな》がいて、僕のことをつぶらな瞳《ひとみ》で見つめていた。

確か「おもち」という名前だ。

ペンギンのあやかしという訳ではなく、ツキツグミという化けるのが得意な鳥のあやかしなのだが、なぜかペンギンの雛に化け続けているのだった。

この浅草に住む、僕の旧友の二人の鬼が、我が子のように育てていると聞いている。

「それで、浄化薬の調子はいかがですか？」

店主の水連が僕の元までやってきて、向かい側に座る。

お互いに煙管《キセル》をプカプカ吸いながら、その件について話し始めた。

「汚れの浄化は順調ではある。しかしもう少し改良、量産できたらいいのだけれどね。うちの湯守たちも頑張ってはいるが、隠世の薬や素材だけでは限界もある」

「隠世とは小さな世界ですからねえ。現世の九州ほどしかない」

「そこで現世の豊富な薬の素材と、霊薬の知識を借りたい。君の出番という訳だよ、水連」

「ふふふ。まあ俺は現世で千年以上を生きたあやかしですし、大陸の薬の知識も兼ね備えているわけですからねえ」

水連は得意げにいう。

確か、中国出身のあやかしだったか。千年前にこの日本に渡ってきて、それからこの国に居続けている。

「それと、大旦那様にはぜひご覧頂きたいものがあります」

水連は、着物の袖《そで》からある瓶を取り出し、僕の前に置く。

中には、まるで砂糖菓子のような、半透明の果実があった。

「これは京都の山奥で密かに作られている宝果でしてね。天界より天女がもたらした果実なんだとか。非常に高価で流通も少ないのですが、取り寄せる伝手《つて》ができまして。これが隠世を救う妙薬となる可能性があるのです」

もう少し研究が必要ですがね、と水連は付け加えつつも、口の端を吊《つ》り上げ、確信めいた笑みを浮かべていた。

「ほうほう。確かに少し変わった霊力に満ちた果実だな」

僕はその小瓶を手に取り、目の前で振ってみた。

宝果は、振られる度にキラキラと銀の光を撒《ま》き散らし、やがて落ち着く。しかし常に、ぼんやりと光り輝いていた。

何と清らかで、澄み切った霊力だろう。

それでいて、どこかこの世のものではないような、異様なものを纏《まと》っている。

現世には、まだこれほどの素材が存在しているのか。

「しばらく俺の方で、薬師仲間を頼りながら、研究してみます。使えそうであったら、またご報告を」

「ああ、頼むぞ水連。お前は頼りになる。本当なら天神屋に欲しいところだ」

「アッハッハ。俺が現世にいるから意味があるんじゃないですか。それに、俺が隠世に行くなんて言い出したら、あの二人が何というか……」

水連は苦笑し、斜め横に視線を流した。

あの二人、というのは水連が仕えている者たちのことだ。

千年前——

僕が現世にいた頃、随分と世話になった大妖怪《ようかい》〝酒呑童子《しゅてんどうじ》〟と〝茨木童子《いばらきどうじ》〟というあやかしがいる。二人は夫婦であり、水連やこの薬屋にいるあやかしたちの主人でもある。

現世に有名な逸話を残したその夫婦は、一度死別し、今は、この浅草で人の子として転生を果たし、生きている。

水連は特に、茨木童子に忠誠を誓っていた、四人の眷属《けんぞく》のうちの一人だった。

確かに可愛がっている眷属が天神屋に引き抜かれでもしたら、あの茨木童子が鬼の形相で僕に切り掛かって来そうだ。もともと、あんまり好かれちゃいないしなあ。

「ところで大旦那様。酒呑童子様にはお会いになっていかれないので？」

「酒呑童子は学業とアルバイトで忙しいだろう。それに奥方が目を光らせている。僕は信用がないのでね」

千年前、酒呑童子を連れて隠世を旅したことがある。

結局僕は隠世に残り、酒呑童子は現世に帰った。

「アッハッハ。まあ、酒呑童子様と大旦那様は、まさに悪友という感じでしたからね。いやー俺としては、酒呑童子をあのまま隠世に連れて行ってくれたら、とも思っていたんですがねえ」

「仕方がない。酒呑童子が奥方の元へ戻ると言ったんだ。当時から愛妻家だったからね。あの頃僕は、酒呑童子の気持ちが全く理解できなかったが、今となっては理解できる。帰るべき場所があるというのと、帰りを待ってくれる人がいるということ。それはとても素晴らしいことだ。そして、愛妻がいるということもね」

「ひえー。すっかり大旦那様も、愛妻家になってしまわれて。独身の俺には応《こた》えますよ」

水連は大げさな素振りを見せて仰《の》け反った。

「お前が独身でいるのは、好きでやっていることだろうに」

そして僕は、苦笑する。

水連もまた、僕には少し経験のない恋をしているあやかしだったからだ。

絶対に叶《かな》わぬ恋を、自ら望んで全うし続けている。叶わぬとわかっていながら、その人の側に居続けているのだ。

あやかしの難儀なところは、一途《いちず》すぎるところ。

そしてその恋を、忘れられないところだ。

「まあ。あの時、酒呑童子が隠世で生きる道を選んでいたら、隠世も何かが変わっていたのかもしれないがね。そしてあいつは、死なずに済んだかもしれない」

僕は煙管の煙を吐きながら、どうしようもないことを言う。

「過ぎた話です。千年以上も前のことを、我々もよく覚えているのだから、あやかしってのは隠世のものも、現世のものも、本当に仕方がない。人間たちに未練がましいと言われるはずです」

水連もまた、物思いにふけるように、煙管を吸う。

僕たち二人が揃っていると、この店はすっかり煙たくなってしまい、少し遠くで八咫烏の少年がゴホゴホとむせていた。

「そもそも現世とは、あやかしたちが大手を振って歩ける世界ではありません。今でこそ、人とあやかしはそれなりに共存しあえる関係になってきましたが、それはあくまで、あやかしが人に化け、人間社会の決まりごとに従って暮らしているからです。これを破れば、即処罰が下されます」

「……退魔師、かい？」

「そうですねえ。まあ、良い者たちもいるんですがね。しかし、あやかしが支配し、あやかしらしく暮らせる隠世という世界は、俺から見れば奇跡の楽園です。それが、汚れのせいで崩壊してしまうのは惜しい。他の世界のバランスすら壊れかねない」

水連は何度となくむせていた八咫烏の深影に、何かを取りに行かせた。

彼が必死に持ってきて、テーブルに広げたのは、巨大な古い地図。

しかしそれに書き記してあるものは、この現世の地図などではなく、現世、隠世、常世《とこよ》、黄泉《よみ》、地獄、高天原《たかまがはら》という、異界同士の相関図を描いたものだった。

神々の住まう高天原を頂点に。

罪人の落とされる地獄を最下層に。

高天原、黄泉、現世、隠世、常世、地獄——

この順番で、我々の世界とは地層のように縦繋《つな》がりで成り立っていると言うものもいる。

現世、隠世、常世の位置は、この中でも特別近いと言われている。中でも隠世は特別小さく、常世と平行の場所に位置し、隣り合っている。

隠世とは一つの世界と言うよりは、黒い海を挟んだ常世の離れ小島だと言われているからだ。要するに本来、常世の一部なのだ。

「ところで水連、常世の話など聞いているかい？」

「ちょうど俺も、常世の話をしようとしていたのですよ。しかし現世にいると、常世の話はあまり聞こえてきません。ただ、常世のあやかしたちが、何かを企《たくら》んでいるのはひしひしと感じますよ」

「常世のあやかしが……？」

「特に狐の連中がね。常世のあやかしの頂点は、九尾の狐だと聞きます。俺たちもね、現在進行形で、常世出身の狐には困らせられているのですよ」

水連は皮肉っぽく鼻で笑ったが、彼らの事情を少しは聞きかじっている僕としては、難儀なことだと思ったりした。

しかし、狐、か。

そういえば天神屋で働く九尾の狐の銀次もまた、海より南の地に流れ着いた狐の子どもだったという。

水連は、何かを思い出したように「あっ」と声を上げた。

「そうだ。大旦那様どら焼き食べます？」

「おお！　どら焼きは大好きも大好きだ」

深刻な話になりかけたが、水連のこの一言で、僕は甘いものでも食べて一服したい気分になる。

特に、浅草のとある老舗《しにせ》のどら焼きは、いつ食べてもフカフカで絶品だ。

どら焼き好きの黄金童子《おうごんどうじ》様の為にも、帰りに大量に買って帰らねばと思っている。

そうだ。天神屋の皆にも、お土産で買って帰ろう。まだ残っているといいのだが……

「おーい、木羅《きら》々ちゃーん、奥の部屋でテレビばっかり見てないで、どら焼き持ってきてくれないー？」

水連が後ろを振り返り、声を張る。

しばらくして、メイド姿をした藤色の髪の、神秘的な雰囲気を纏った少女が現れた。

「なんだ、鬼神が来ていたのよ」

「やあ、木羅々。久しぶりだね。また会えて嬉《うれ》しいよ」

「千年ぶりは、久しぶりっていうの？　でも、超久しぶりなのよ。ボクも鬼神に会えて嬉しいのよ」

特徴的な語り方をする彼女と僕もまた、面識がある。

この木羅々という少女は、藤の木の精霊だ。

千年前も、彼女の木の下でよく宴会を催したものだ。

彼女は藤の木から離れられず、いつも話し相手を求めていたから、時々僕が話し相手になってやった。

僕は彼女と言っているが、実際に性別はない。

彼女の一人称は僕と同じ〝ボク〟だしね。

メイド姿の木羅々は、メイドらしく僕らの前に、どら焼きを並べた皿を置く。

そのうちの一つを自分で取って、僕の隣にちょこんと座った。この行動はあまりメイドらしくない。そもそもなぜメイド服なんだろう。水連の趣味か？

「こらこら、お客様の隣に座るんじゃないよ、木羅々ちゃん」

「いいのよ。鬼神に会うのは久々だからね」

「僕も構わないとも。相変わらず可愛らしいね、木羅々は。しかし木羅々、君は藤の木から離れられるようになったんだね」

「枝をね、ちゃんと側に置いていればいいのよ。ボクだって成長しているのよ」

木羅々は窓辺を指差す。

ああ、なるほど。確かにそこには藤の枝が飾られていて、季節外れの花を咲かせていた。

僕もまた、好物のどら焼きを手にとった。

ここのどら焼きは、白あんが好みだ。フカフカの生地には、何度食べても驚かされる。

「帰りに買って帰らねばと思っているんだ。黄金童子様に」

「黄金童子様、かあ。時々この店にいらっしゃって、世間話をしていかれます。でも最近はお姿を見ていないなあ……お元気にしてらっしゃいますか？」

「元気も元気だ。あの方は歳を取ることを知らない」

「アッハッハ。確かにいつまでも若々しい。今は何を？」

「さあ。あの人は隠世のあちこちを行き来していて、僕よりずっと高みの場所から、物事を動かしていらっしゃるから」

隠世という世界を救うためにできることを、隠世のあやかしたちはそれぞれの立ち位置から精一杯に考え、努力している。

僕も、自分の命が続く限りは、求め続けなければならない。

それを、自分の命と引き換えに、約束したようなものなのだから。

一方で、現世という人間の支配する世界もまた、隠世に様々な影響を与えている。

現世で暮らすあやかしたちは、実は隠世で暮らすあやかしの数より多いのだが、化ける力を磨き、長い歴史をかけて人との共存を図って来た。

その歴史の中で、人と対峙《たいじ》し、討ち取られた大妖怪の逸話は数え切れない。

隠世と現世は、行き来の制限が無くなったこともあり、あやかしだけでなく人間が出入りすることも、珍しい話ではなくなって行くだろう。

妻の葵《あおい》だけでなく、今後は隠世でも人間という存在が光を放つ瞬間はある。

かつての津場木史郎《つばきしろう》のように、隠世のあやかしたちに強い影響力を与えるような人物も現れるに違いない。

隠世という世界を守るために、これからは現世のあやかしと、人間の力も借りていかなければならない。

そして隠世もまた、現世に対し、様々なものや妖材を送り出すことだろう。

あやかし的グローバル化は進んでいく。そう遠くない未来に。

「そうそう。来年の秋にでも、うちの従業員を連れて現世の社員旅行を考えているんだ。

ずっとやりたいと思っていたのだが、なかなか天神屋も落ち着かなくてね」

「お、いよいよ来るのですね、天神屋御一行」

水連がニヤリと笑う。

「その時はまた、顔を出すよ。じゃあね水連。それに木羅々、深影も。酒呑童子と、その奥方によろしくと言っておいてくれ」

そう。

その時は、どうぞよろしく、と。

僕らが現世に遊びに行き、彼らを隠世に招くことができるようになるのも、そう遠くない未来の話だ。

第七話　十月〜噂の美女〜

天神屋《てんじんや》が最も力を入れている、紅葉の季節。

繁忙期ということもあって、誰もが忙しくしていて美しい紅葉に目もくれない中、それはそれは麗しい女性が、天神屋に宿泊しているという。

しかしその女性はどうにも浮かない顔で、いつもぼんやりと、天神屋の庭を眺めているらしい。

この話をしてくれたのは、番頭の反之介《たんのすけ》だった。

反之介は一反木綿のあやかしだ。

八葉《はちよう》の息子という立場を利用し、かつては隠世《かくりよ》で好き勝手をしていた金持ちボンクラ息子だったけれど、今は心を入れ替えてせっせと天神屋で働いている。

暁《あかつき》の下でこき使われていたら、その才覚を開花させ、暁が若旦那《わかだんな》となった後に番頭に就任した。暁はかつて反之介に妹をストーカーされたため、それはそれは手厳しく育成したのが、功を奏したのかもしれない。

「あんたねえ、いくら美人好きだからって、お客様に鼻の下を伸ばすんじゃないわよ」

休憩時間、夕《ゆう》がおにご飯を食べに来た反之介の話を、私は呆《あき》れた顔で聞いていた。

「いやいや葵《あおい》殿。僕はそんな邪《よこしま》な心で、お客様を心配しているのではない……多分」

奴は目を逸《そ》らす。

「じゃあ何よ。何がそんなに心配なの？」

「何というか、心ここに在らずというか、酷《ひど》く悲しそうな顔をしているのだ。この繁忙期の高額時期にひと月も宿泊されるとあって、何か訳ありかと思ってな」

「傷心旅行ってやつなんじゃない？」

「そうかもしれない。しかしそういうお客様のことは気にかけておかねばならないのだ。なんせ、ここ天神屋で自らを傷つけたり、命を脅かしたりするようなことがあっては困る。それでなくとも宿とは、そういう場所になりかねないのだからな」

反之介は、今日の牛カツ定食を食べる手を止め、真面目な顔をして語った。

私もまた、そういうことかと、納得した。

天神屋でもかつて、自分から渓谷に飛び込むような者がいたり、部屋でひっそりと命を断つような者がいたと聞く。もちろん、湯けむり殺人事件的なものも、長い天神屋の歴史の中ではあったとか、無かったとか……

だけど、そんなことにならないよう、従業員がお客様を気にかけることも、大切だ。

必要以上にお客様に関わらない宿泊施設が増えているというが、ここは言葉を交わし合い、交流を楽しむことのできる、人情味溢《あふ》れる古き良きお宿なのだから。

「きっとその美女も、何か深く傷ついたことがあったのよ。変なちょっかいを出してはダメだけれど、何か声をかけてあげるのはいいかもね。でもあんた、自分に婚約者がいることを忘れちゃダメよ」

「……う、うぬ」

そして、変な顔をして味噌《みそ》汁をすする。

反之介は、確かにその美女の憂いが気になっているだけなのだろうけれど、この男には色んな前科があるので、一応念を押した。

ああ、でも最近は本当にいいやつになったし、番頭として人一倍頑張っているのよ。これでも一応。

その後日。

反之介だけでなく他の男性の従業員からも、噂の美女についてを耳にするようになった。

あまりに悲しそうで、傷ついているようで、見ていられないのだ、と。

みんなが凄《すご》く気にしているものだから、私もなんだか心配になってきた。

私はその日、朝から夕がおの仕込みをしていた。

今日は夕方から文門狸《ぶんもん》のお客様がいらっしゃる。

宮中とも関わりのある偉い人で、好みの食べ物を聞くと、柿とおっしゃった。なので、甘い柿を使ったお料理やお菓子を用意しているところだ。

ひと段落ついたので、朝日を浴びようと外に出て背伸びをする。

軽く体操などしていたら、中庭の少し遠い場所を、フラフラと散歩している者がいた。

「あ……」

みんなが噂をしている例の美女は、その人だとすぐにわかった。

長い翡翠《ひすい》色の髪に、儚《はかな》げな眼差《まなざ》し。今にも消えてしまいそうな白い肌をしていて、淡い雪色の着物を纏《まと》っている。

そして、伏し目がちのままぼんやりと、中庭の池の前で立ち止まり、鯉を眺めて物思いに耽《ふけ》っている様子だった。

化粧はほとんどしておらず、髪も後ろで束ねているだけなのにあれほど美人さんなら、そりゃあうちの男性陣がざわつくはずだ。

しかし、あやかしたちが寝ている早朝に出歩くなんて、どうしたのだろう。

「あのう、おはようございます」

私はそちらへと小走りで行き、声をかけてみた。

彼女は少し驚いた様子だったけれど、私を見てぺこりと頭を下げる。

そしてまた、池を眺めていた。

なるほど、これは確かに、儚げで危うい……

「あ、あの。お早いですね。あまり寝つけませんでしたか？」

もう一度声をかけると、その女性は少ししてから、顔を僅《わず》かに上げて返事をしてくれた。

「……いえ。昨日はお昼寝を長くしてしまったので」

その声ときたら、囁《ささや》くような小声なのに、川のせせらぎのように心地よい。

いったい、何のあやかしなのだろう。

「私は津場木《つばき》葵と申します。この宿の従業員の一人です」

「…………」

女性の瞳《ひとみ》に、僅かに光が灯《とも》った。

「まあ、あの有名な……人間の」

「や、やっぱりご存じでしたか……」

だけど名前を知ってもらえていたおかげで、私に対し、少しは興味を持ってもらえたみたいだ。

「あのう、あなたのお名前は？」

「私は……翡翠《ひすい》と申します。カワセミのあやかしです」

「ああ、そうだったのですね」

美しい鳥のあやかしって、人間に化けた時に、とても儚い美女になるイメージがある。

だけど翡翠さんから醸されるものは、ただそれだけが原因ではないように思えるほど、暗く陰ったものがある気がする。

「あの……。おせっかいかもしれないのですが、何か、悩み事でもありますか?」

私は彼女の隣にしゃがみ、いっそ尋ねる。

翡翠さんは眉《まゆ》を寄せて、しばらく黙っていた。

困らせてしまったと思い焦ったが、翡翠さんは苦笑して、このように告げた。

「よくある話です。ただ、失恋をしたのです」

「え……」

それはむしろ、思ってもみなかった答えだ。

これほどの美女が失恋をしてしまうだなんて。

相手の人は、いったいどんな色男だというのだろう。

「私はとある地方の豪族の娘です。豪族と言っても、本当に山奥の田舎者で……。私はその村にやってきた妖都《ようと》の商人の男性に出会い、恋に落ちました。都会の佇《たたず》まいを持つ紳士的な男性を見たことが無かったので、私は舞い上がってしまったのでしょうね」

翡翠さんは小さく苦笑する。

「その人は二つの季節の間、村に滞在していましたが……またここへ来ると言って、妖都に帰ってしまいました。ですが私は、彼を待つことができそうになかったのです」

彼女は淡々と語っていたが、周囲があまりに静かだったからか、私は緊張しながら聞いていた。

「父には反対されましたが、私はその人を追いかけるように家出をして、妖都で職を探して働きました」

知らぬ土地で働くのは大変だったが、一通り家事はできるため、名家の老夫婦の家で奉公をしながら、そこに出入りする商人に例の男性のことを聞いて回ったと、翡翠さんは言っていた。

そしてその半年後、例の男性を見つけることができた、と。だけど……

「その人には妖都に妻と子がいて、私はすっかり遊ばれていたのだということに気がつきました。そして私より、ずっとその妻子が大事だったのです。私が姿を現すと、尋常ではないほど驚き、焦った様子で、私に手切れ金を渡してきました。そしてもう二度と会いに来ないでくれ、と。すまなかった、と。……本当に、よくある話です。何も、変わったことのない……ありきたりな……」

消え入りそうな言葉だった。

確かにそれは、よく聞くような話かもしれない。

その後、翡翠さんは地元に戻り、父や母に相当な心配をかけていたことを知ったと言う。

翡翠さんが大人しく身を引いたことで大ごとにはならなかったようだが、相手の男性は、なんとまあ罪つくりなことをしたものだろうか。

私の祖父・津場木史郎《しろう》にも、あちこちに現地妻がいたとか言われているが、その裏ではこうやって、人しれず辛《つら》い思いをして泣く女性がいる。

だけどなんだか無性にモヤモヤとする。

相手のことだって、酷《ひど》い男だったと知ったのならば、さっぱりきっぱり諦《あきら》めもつくのではないだろうか。

正直な話、これほどの別嬪《べっぴん》さんであったなら、次の恋の相手などすぐに見つかるだろう。天神屋の男性陣が、こぞってそわそわしているくらいなのだから。

ただ、翡翠さんの話には続きがあった。

「それで、私、なぜか突然、全てのことにやる気がなくなってしまったのです。笑うことも、泣く事もできずに、常にぼんやりとしてしまって。元々は、お転婆がすぎると言われるほどだったのに……」

「え？」

今の翡翠さんからは、お転婆だった頃の面影はまるでないので驚いた。

だけど、好きな人を妖都まで追いかけた事実が、彼女の行動力の裏付けにも思える。

「地元に戻った後のことですが、村人の間で色んな噂が立ち、私はとても悪く言われてしまいました。仕方のないことですが、その声の数々が、私には辛かったのかもしれません。それで、貰《もら》った手切れ金を全て費やし、天神屋に宿泊することにしました。きっと私は、しばらく一人になりたかったのでしょう」

ああ……そうか。なるほど。

家出し、既婚者を追いかけて妖都まで行ってしまった翡翠さんについて、村で悪評が立ってしまったのか。

きっと、失恋の心に追い打ちをかけるような、辛い日々だったのだろう。

たった一つの失恋以上に、事情を知らない者たちの勝手な言葉、否応《いやおう》無く広がっていく噂というのは、降り積もって心を蝕《むしば》むものだから。

「一人になって、静かな時間を過ごせば、心も次第に晴れて行くかと思いまして。全てを切り替えられたらと、思っているのです」

「ええ……」

私はゆっくりと、頷《うなず》いた。

天神屋は、非日常を提供する。彼女のように気持ちをリセットしたい時は、長期滞在などして、ゆったりされて行くのもいいのかもしれない。

「でしたら、どうか夕がおにいらしてください。特別な朝食をご用意しますよ！」

私は立ち上がり、翡翠さんを夕がおに招いた。

「で、ですが。天神屋の朝食がありますので……っ」

「それでしたら、朝食前の軽食ということで。ほんの少しですし、ぷるんといけますから、ぜひ」

「……ぷるん？」

翡翠さんは不思議そうにしながらも、私についてきてくれた。

早朝に開く夕がおは、夕がおというよりは朝がおだ。

翡翠さんにはカウンター席に座ってもらい、私は早速、厨房《ちゅうぼう》の内側で準備をする。

と言っても、すでに作って冷やしているものなのではあるが。

彼女の目の前に運んだのは、ほんのりと渋めのオレンジ色をした、陶器に入った生菓子だ。

「こちらは、柿のプリンです」

「柿の……プリン？」

「柿はお好きですか？」

「ええ。もちろん」

翡翠さんは、そのプルプルの柿プリンをジッと見つめていた。

秋の旬の味覚である柿と、食火鶏《ひくいどり》の卵と、生クリームと牛乳を加えて作る、濃厚かつ優しい味の柿プリン。

　完熟の柿の甘みを生かしているため、砂糖は少なめ。

「天神屋の裏山で、今とても沢山の柿が取れるのです。今夜ちょうど、柿が大好きなお客様が夕がおにいらっしゃるということで、柿を使ったデザートを用意していたんです。よかったら、味見をしてみてください」

「まあ……。でも他のお客様のものなのでは？」

「大丈夫です！　とても沢山作ったので、数が足りなくなるということはありません」

「…………」

　その話を聞いた翡翠さんは、少しホッとしたような表情になり、匙《さじ》を手にとる。

「プリン……ですか。妖都で働いていた時に、一度だけ食べたことがあるのですが、とても美味《おい》しかった記憶があります。あのプリンの、柿……」

「そう。柿バージョンです」

　あまり味が想像できずにいるようだが、匙でそれを掬《すく》って、一口食べ、とろけるような柔らかさに驚きながらも、飲み込む。

　翡翠さんの表情が、僅かにほころんだ。

「まあ……。なんて上品な甘さでしょう。柿そのものの味を感じます。なんだかとても、懐かしい」

　虚《うつ》ろだった瞳が、確かな光を取り戻している気がする。

現世《うつしよ》ですら、柿が食べられるのって、だいたいの場合は秋に限定されている気がする。だからだろうか。常に食べられないからこそ、日本の色や香りを持つ柿という果実は、どこか懐かしい気持ちにさせるのだ。

それに、甘いお菓子には人を幸せにしたり、元気にしたりする力がある。

少し元気がない時でもつるんと食べられるので、偶然ではあったけれど、この柿プリンを作っていてよかった。

「あの」

私はそのタイミングで、もじもじしながら、話を切り出した。

「実は、私も、色々と言われている時期がありました」

「え……？　葵さんが？」

翡翠さんは、柿プリンを食べる手を、一度止めた。

「ええ。現世ではあやかしが見えるせいで、少し変な子だって思われていたんです。大学生になってからは、周囲との距離の取り方や、空気の読み方もわかったから、それほど陰口を叩《たた》かれることはなかったのだけれど……小学生や中学生の時が、一番、酷《ひど》くて」

見えているおじいちゃんが側にいたから耐えられた。

だけど、今でも当時のことを思い出すことがある。周囲の陰口や冷たい視線、くすくすとした笑い声の記憶に、胸がぎゅっと苦しくなる。

どんな風に説明したって理解はしてもらえない。

言われるがまま、耐えるしかなかった頃。

おじいちゃんがいれば、他に理解者などいなくてもいいと、どこか諦めてもいたけれど、
結局私は理解者であるおじいちゃんを失って、そして、この隠世へとやって来た。

私の場合は、大旦那《おおだんな》様に攫《さら》われてやって来たけれど、でも……

現実から逃げたいという気持ちが無かったと言ったら、嘘になるだろう。

だからなんだか、翡翠さんの気持ちは、理解できる気がしていた。

「周囲の雑音は、この天神屋でシャットアウトして、気持ちが上向きになるまで、ゆっくりとしていらしてください。そして、また気持ちが沈みかけたら、ここ夕がおへいらしてくださいね。翡翠さんが好きなものを、お作りしますから」

私はさらに拳《こぶし》を掲げて力説する。

「それに、この隠世にも男性は大勢います。新しい出会いが、天神屋でもあるかもしれませんよ！　従業員たちも、翡翠さんのことを凄《すご》く気にしていたんです。翡翠さん、美人さんだから」

翡翠さんはずっと、目をパチパチとさせてぽかんとしていたが、

「……葵さん。ありがとうございます」

徐々に涙目になって、その涙を細い指で拭《ぬぐ》った。

少しずつ、少しずつ感情が蘇《よみがえ》り、表に表れ始めた気がする。

特に泣くのはいいことかもしれない。泣くとスッキリするから。

「実は昨日、父がやってきて、私に縁談話を持ちかけて来たのです。きっと、いつまでも塞《ふさ》ぎ込んでいる私が心配なのでしょうね。私は全く乗り気ではなかったのですが……新しい出会いを恐れてばかりもいられません。相手の方に会ってみようかしら」

「まあ、縁談ですか！」

私は両手をポンと合わせる。

「もしかしたら、今までに出会ったことのないような、素敵な殿方かもしれませんよ。嫌なら嫌で、すっぱり断ればいいのですから！」

「ふふふ。ありがとうございます。葵さんの言う通りですね」

あ、笑った。

笑った翡翠さんはますます美しく、女の私ですら、ボーとその笑顔を見つめてしまう。

ただ、天神屋の男性陣たちよ。あんたたちがそわそわしているうちに、翡翠さんに新しい縁談が舞い込んだ様です。残念。

少しして、翡翠さんがお部屋に戻る様だったので、私たちは揃って夕がおの外に出た。

「わっ」

突風と言えるような、強い風が吹いた。

風は天神屋の背後にある山へと吸い上げられ、私たちの視線を誘う。

紅葉が波打つ山を前に、翡翠さんは感嘆の声を上げた。

「ああ、紅葉がこんなに綺麗《きれい》だったなんて。私、こんなに素敵な場所にいたのに、下ばかり見ていました」

その目を、うっとりと細めながら。

もう一度強い風が吹いて、赤や黄色に色付いた葉を一層巻き上げる。

ああ、整えた髪がボサボサになってしまったな、などと私は思っていたのだが、隣にいた翡翠さんをチラリとみると、彼女の頬も紅葉に負けないくらい色付き、その様を楽しげに見ていたので、まあいいかと思ったのだった。


そして、この時の私はまだ知らない。

翡翠さんに縁談話が来た相手が、私のよく知る人物であることを。

第八話　十一月～海の向こうより来た兄弟～

私の名前は銀次《ぎんじ》。
天神屋《てんじんや》の旦那頭を務めている、九尾の狐である。

今日は天神屋の仕事で妖都《ようと》に来ていたのだが、どうやら折尾屋《おりおや》の旦那頭である乱丸《らんまる》もこちらへ来ているらしく、我々は〝鬼に金棒〟という、馴染《なじ》みのある臓物料理屋で落ち合うこととなった。

店に入り、二階の個室で待ちながら、私は窓より、妖都のあやかしたちの流れを眺めていた。

「…………」

ここは昔から賑《にぎ》わっていて、活気がある。
だけどここ数年で、妖都には現世《うつしよ》から輸入したものや、現世風の店が増えた。
あやかしの中にも、和装ではなく、洋装なものがちらほら散見される。
特に流行《はや》りに敏感な貴族の連中は、我先にと現世の流行を取り入れて、他のあやかしたちに自慢をしていたりする。

もともと現世のものは、ここ妖都から少しずつ地方に浸透する傾向にあったが、最近となってはその情報の巡りがとても速い。少し前までとは違って、多くのあやかしが現世と隠世《かくりよ》を行き来できる様になったからだろう。

そして、現世のあやかしたちもここ隠世に観光に来たりと、お互いの行き来、交流が積極的なのだった。

なぜかというと、妖王《ようおう》様が制限を徐々に解除なさったからだ。

ゆえに、異界への門を管理する八葉《はちよう》の仕事も増えた。

天神屋や折尾屋にとっては追い風で、異界の旅行客を受け入れる宿としても繁盛している。

「よお、銀次」

私より後にやってきた乱丸は、折尾屋の羽織こそ脱いでいたものの、すでにほろ酔い状態であった。

「……乱丸。すでに飲んでいますね」

「仕方がねーだろ。取引先の酒屋で、酒の試飲をしてたんだから」

「それも仕事ですか？」

「そうだ。仕事だ」

私は苦笑する。乱丸はどこか上機嫌だった。

九尾の狐の私と、犬神の乱丸は、南の地の海に流れ着いた孤児である。

どこからやって来たのか。

なぜ種族の違う我々が同じように捨てられ、海からやって来たのか。

そしてなぜ、我々に、南の地の儀式を行う力が宿っていたのか……

それを深く考えた事はなかったが、私たちを育ててくださった磯姫《いそひめ》様には何かが見えていたのかもしれない。

時々、私たちを連れて南の地の海辺を歩きながら、

『お前たちが元いた世界はどうなっているのかしらね』

と言いながら、海の果てを見つめていた。

「しかし、隠世もこの数年で、本当に変わりましたね。少しずつ現世に近づいているというか……」

「何をいう。まだまだ真似事ばかりだ。しかし、商売相手に現世のあやかしたちが加わりつつあるのは、好機と言えよう。俺たちの未来は明るい」

そんな話をしていた時、お酒とお通しがやって来た。

ここのお通しは、いつも酢モツだ。

湯通しした臓物に、薬味とポン酢をかけていただく、さっぱりしたお料理。

これが最高の酒の肴《さかな》だったりする。

「ですが、どの様に変わって行こうとも、隠世のいいところはずっと先まで残っていて欲しいですね。何も全てを、現世の人間の真似をすればいいというものでも無いでしょうから……」

「けっ。人間の、津場木葵《つばきあおい》のアイディアに助けられた、天神屋の言うことじゃねーよな」

「あ、あはは」

　それはごもっとも。

「しかし現世のあやかしの様に、常に人に化けて暮らす様になったらおしまいだ。ここはあやかしたちの世界なんだからな」

　乱丸は、やって来たモツの串焼きを頬張りながら。

　モツの串焼きは、ピリッと辛く風味豊かな柚子胡椒《ゆずこしょう》を溶いた、甘口のタレを付けていただく。このタレが、モツの旨《うま》みを最大限に引き出す。

　焼きたてのプリプリした食感が楽しめ、嚙《か》めば嚙むほど美味《うま》いモツの串焼きは、この店のおすすめメニューだったりする。

「……ねえ、乱丸。考えた事はありますか？」

「何をだ」

「我々がどこからやって来たのか、を」

　乱丸は盃《さかずき》の酒を舐《な》めながら、伏し目がちのまましばし黙った。

「……ああ。何度かあるぜ。きっと俺たちは、常世《とこよ》から流れ着いたのだろう」

そう。おそらくだが、私たちの本当の故郷とは、常世だ。

南の地の海は、最も常世に近いとされている。そもそも南の地が百年に一度儀式を必要としているのも、常世から流れ出る〝邪気〟が原因だと言う。

その邪気は、百年に一度、常世と隠世の隔たりにある黒い海を開き、南の地に天災をもたらす。

しかし、同時に黒い海よりやって来たあやかし〝海坊主《うみぼうず》〟を儀式で満足させることができれば、海坊主が邪気を押し戻す力を得て、南の地は百年の平穏を得る。

「俺は南の地の儀式を調べる中で、常世についても少し調べていた。常世とは、人とあやかしが長い間覇権を争い、地を抉《えぐ》るほどの破壊兵器をいくつも生み出した巨大な世界だ。その結果、地下の邪気が大量に地上に流れ出て、不毛の大地や、天災に見舞われる土地が増えたのだ」

「あの黒い海もまた、地下から溢《あふ》れた邪気や、戦争の兵器を廃棄し、閉じ込めている場所だとも言われています」

そして、それを管理しているのが、海坊主だとも。

「常世のあやかしの頂点が、九尾の狐だという話も聞いたのですが……これは本当でしょうか」

私は噛みしめるように問う。

「ああ、九尾の狐にも、天狐《てんこ》だか空狐《くうこ》だか、色々な階級の者がいるみたいだがな。犬神、と言うか狛犬《こまいぬ》とは、常世では九尾の狐たちの家来だそうだ。ハハッ。もしかしたらお前は、常世の狐の、王族の出か何かなのかもしれねえな。……俺はさしずめ、てめえの従者ってところか」

「よしてくださいよ、そんな現実感のない話」

「さあ、どうだか。俺は現実的な話をしたんだがな」

しかし乱丸は、ククク ッとからかう様に笑う。

「……俺たちは、先の無いあちらの世界から逃がされたのかもしれねえ。今は常世との交流は制限がかかっているが、もしかしたらこれから、常世から多くのあやかしが、この隠世に流れてくるかもしれねえな」

乱丸が何を言いたいのかは、おおよそ見当がつく。

もしそういうことになったら、隠世は混乱に陥るだろう。

徐々に住まう土地が失われている常世の住人たちは、人やあやかしに拘《かか》わらず、隠世という世界を欲しがるかもしれない。そうなったら、争いが生まれる。

追放された雷獣《らいじゅう》が見据えていた未来には、この様な状況もあったのかもしれない。

だが、隠世では邪気を浄化する薬の開発、改良に力を入れることになった。

これが完成すれば、今後何かがあっても、常世と交渉する余地が生まれるだろう。

「はあ。不安な未来ばかり思い描いていたら、本当にそうなってしまいそうです。良いことを考えましょう」

私は頭を抱える。乱丸は相変わらず、皮肉っぽく笑った。

「はっ。お気楽だなあ天神屋の旦那頭様は。そのうちおめえにもわかるよ、八葉の重圧ってやつがよぉ」

「や、やめてくださいよ。私が八葉になるなんて、そんな。そもそもまだ、大旦那《おおだんな》様がいらっしゃるのに！」

「そう、悠長にしてもいられないだろう。百年なんてあっという間だぞ。俺たちはそれをよくわかっているはずだ。儀式をその周期で、毎度やりこなしている、俺たちはな」

「…………」

当然、わかっている。

大旦那様や葵さんが、ずっと天神屋にいるわけではないと言うことを。

どう長く見積もっても、あと百年……

私は無性に心配になる時があるのだ。天神屋に、いつかあの二人がいなくなる時が来るというのが。

それでも天神屋と、そこで働くあやかしたちは、ほとんど変わらぬ姿でい続けるのに。

「だ、だいたい……っ、白夜《びゃくや》様や砂楽《さらく》博士がいらっしゃいますから。私が八葉になることはありえませんよ」

私はそう言いながら、グイッと酒を一気飲み。

内心、ざわざわとした感覚を抱いていた。考えない様にしていたことを、考えさせられた様な気が……

乱丸はそんな私を見て、また鼻で笑った。

「まあ、確かに、未来のことを考えすぎても仕方がねーよな。俺はむしろ、今、タピオカドリンクを飲みすぎた者たちの間で肥満が問題となってしまった件についてを、真剣に考えているのだ」

「え、何ですかそれは。肥満??」

「皆、愛してやまないタピオカドリンクを一日に何杯も飲みすぎて、ぶよぶよに太っちまったんだよ。それこそ、健康に被害が出そうなほどにな」

乱丸は、何だか遠い目をして言う。

少し前まで、あれほどタピオカタピオカと言っていたのに。

南の地のソウルドリンクとして不動の地位を手に入れたタピオカ入り飲料だが、これのカロリーが凄《すご》いという。

キャッサバという芋の、根茎から作られたデンプンでタピオカはできているので、そりゃあ毎日、あれだけのデンプンを摂取していたら、太るに決まっているのだが。

それでもやめられない止まらない魅力がタピオカドリンクにはあるみたいで、南の地を管轄する折尾屋は、これについて真剣に悩んでいるという。

「いっそ、タピオカドリンクは一日一杯までの条例でも作るべきか……」

「あ、あはは。タピオカの影響力には、毎度驚かされますよ」

そんなこんなのうちに、鬼に金棒が誇る、メイン料理のもつ鍋がやってきた。

私と乱丸はもつ鍋に舌鼓を打ちながら、しばらくまた、いろいろな話や、情報交換をしたのだった。


鬼に金棒を出て、夜の妖都を歩いていた。

この時間になると、どこもかしこも、酔っ払ったあやかしたちでいっぱいだ。

ちょうど向かい側より、乱丸にぶつかって倒れた酔っ払いの男がいて、

「おいおい、おっさんしっかりしろよ」

乱丸はその人を引っ張り上げるが、すっかり出来上がっているようで、イヒイヒと笑ってばかり。そして手に持っていた酒瓶から酒を飲む。

まあ、酔っ払いは宿でも見慣れているし、扱いも良くわかっているので、私は近くの屋

台で水を貰《もら》い、それを酔っ払いの男に飲ませようとした。

「うっ、香水臭い」

その人からは、むせ返るほどの香水の香りがして、私は思わず鼻を覆った。

私は鼻のいいあやかしだから。

「ははーん。さてはおっさん、あっちの花街で遊んできたんだな？」

乱丸が指差す方向には、高い塀と川で囲われた、隠世でもっとも大きな歓楽街がある。

大きな門の向こう側の、色とりどりで煌《きら》びやかな提灯《ちょうちん》が、ここからでも見える程だ。

男と同じ香水の香りも、風に乗って漂ってくる……

しばらくすると、彼の家族というものが迎えに来た。

随分と苦労していそうな女房だったが、私たちにペコペコと頭を下げ、男を連れ帰る。

全く……

花街で遊び、家族に迷惑をかけてなお、幸せそうに酔っ払っているとは。

「よし。銀次、俺たちもいっちょ花街で遊ぶか」

「えっ!?　いや、いいですよ私は……っ」

乱丸がノリノリで言うので、私は毛を逆立てて首を振る。

「何だお前、つれねーな。いつまでも津場木葵に、未練タラタラという訳にも行くまい。

縁談だっていくつか来ているんだろう？」

「……そ、それは」

最近、その手の話が私にも舞い込む様になった。

大旦那様が結婚し、八葉としての仕事に集中する様になり、天神屋の運営に関しては私が表立って取り仕切る様になったからだ。

それでいて、私は今も独身。

土蜘蛛《つちぐも》の暁《あかつき》ですら、お涼《りょう》さんと結婚し、身を固めたというのに。

「ですが、私はまだ……天神屋のことで手一杯なのです。余裕が無いと言いますか。それに自分のことは、大旦那様と葵さんのことを見守りながら、ゆっくりでいいのでは……と考えています」

ボソボソと、乱丸には素直に答えた。

「はっ。相変わらず健気《けなげ》だねえ。何だかお前ばかりが忙しく、損な役回りをしている気がして、兄貴分の俺からすれば、ちと腹立たしい。お前だって、もう少し自由な時間を得て幸せになったっていいはずなんだぜ」

「何を言ってるんですか。乱丸だって結婚しないくせに」

「俺はただ、独り身でいて遊びたい時に遊んだ方が、気が楽ってだけだよ。それに、俺には磯姫様というどでかいハードルがあるからなあ。なかなか磯姫様を超えてくる女が見つからねえ」

「未練タラタラなのは、乱丸の方じゃないですか……」

乱丸の初恋の人と言っていい磯姫様が亡くなって、もう随分と経つ。

乱丸の方こそ、そろそろ次の一歩を踏み出してもいいのではないだろうか。

だが、古《いにしえ》よりあやかしとは一途《いちず》なもので、一度恋に落ちれば、それを忘れることはできないと言われている。もちろん、そうでないあやかしも多いけれど。

「変なところで、俺たちは似ているな」

一途なところ。

初恋が忘れられないところ。

新しい一歩を踏み出すには、もう少し時間がかかるところ。

「だが、いつかきっと、俺たちの前にも現れるさ。明日《あした》か明後日《あさって》か、一年後か、百年後か知らねえけど……初恋を、忘れさせてくれる様な奴が」

「…………」

乱丸らしくない言葉だが、そういえば彼は、意外とロマンチストであった。そしてそれは、酒が入ると一層わかりやすくなる。

今は全く、誰かが現れるような気がしなくても、未来のことは何もわからない。

乱丸にとっても、私にとっても。

それぞれの宿を舞台に、日々を必死に生きていれば、予期せぬ出会いというものはある。

かつて、葵さんが私の目の前に現れたように……

「というわけで、行こうぜ、花街！」

乱丸が目を爛々《らんらん》とさせて、私を花街に連れて行こうとする。

それを私は踏ん張って耐えていた。

「乱丸！　あなたはただ遊びたいだけじゃないですか。ダメですよ、我々には立場があるのですから。妖都新聞にあること無いこと書かれますって」

というわけで、花街で遊びたがる乱丸を引っ張って、この場を離れる。

むせ返る様な香水の香りが、まだ鼻の奥に残っている気がするけれど、花街から遠ざかると、不思議とその匂いは消えていた。

乱丸は相当酔っ払っていた様で、彼の泊まっていた宿に戻ると、出入り口でぱったり倒れてそのまま眠ってしまった。

折尾屋の従業員に「またですか」と言われていたので、最近はそういう事が良くあるのだろう。むしろ忙しさの反動かもしれないな。

かくいう私は、酒にはめっぽう強いので酔っている感じはしないが、一人外を歩いていると、無性に寂しくなったりはする。

大甘露川《だいかんろがわ》にかかる大橋を歩いて渡っている途中、ふと立ち止まり、川とその両岸に並ぶ屋台や料亭や、遠くで煌々《こうこう》と輝く宮中を眺め、しばし考えた。

葵さんと大旦那様が結婚されてからは、二人のいる天神屋の支えとなれる様、がむしゃらに働いた。

そのせいで、あちこちの地方で営業活動をすることの方が増え、夕《ゆう》がおに居座り、かつての様に葵さんと二人で働くこともほとんどない。

今はアイさんがいるし、葵さんは葵さんで、様々な活動を積極的にこなしている。

徐々に徐々に、私たちの距離感というものは変わっていった。

ゆえに、時々、かつて二人で切り盛りしていた夕がおの事が思い出されて、寂しくなるのだ。葵さんと共に、ゼロから築き上げた、天神屋の小料理屋が。

今もまだ、彼女はあの場所にいるのに。

「……はあ。寒い」

酔いが完全に冷めたのか、身震いがした。

過ぎ去った日々を懐かしく思うのはここら辺にして、私も宿に戻ろう。

何はともあれ、日に日に変わりゆく隠世で取り残されたりしない様、目を見開き、耳をそばだて、励むほかない。

今の私にとって大切なのは、天神屋という宿を、守り続けること。

大旦那様と葵さんの未来を守ること。

そして、あの二人のいる天神屋を記憶し続け、例えばあの二人が居なくなった後も天神屋に留《とど》まり、後世に繋《つな》いで行くことなのだ。

第九話　十二月〜朱門天狗の事情〜

俺の名前は葉鳥《はとり》。天狗《てんぐ》の葉鳥だ。

もともとは南の地にある折尾屋《おりおや》という宿で番頭をしていたり、そうじゃなかったりしたが、今はその折尾屋を退職し、故郷の朱門山《しゅもんさん》へと帰っている。

なぜ俺が朱門山へと帰ったかというと、親父の松葉《まつば》がまたわがままをしでかし、先祖が妖王《ようおう》より賜ったという大きな盃《さかずき》を割ってしまったのだ。

これだけなら俺も別に「いつものことか」と思うのだが、問題は、そのせいで当主の兄貴が立場を危うくしているらしいということだ。

もともと、朱門山の朱門天狗とは一枚岩ではない。

様々な派閥に分かれていて、誰もが当主の座に就きたがっている。

親父は一応、朱門山のトップとして長らく君臨していたが、それもあの横暴でわがままで天狗らしい性格が、一種のカリスマ性の様に映っていたからだ。

しかし最近では時代が変わった。

天狗が敬われたり畏《おそ》れられたりすることはなく、ただただ暴虐無尽っぷりを発揮してしまっては、あちこちにご迷惑をかけてしまい、慰謝料を請求され、天狗が出禁になる土地や店も増えていく。

様々なあやかしたちから疎まれ、毛嫌いされ、仲間外れにされてしまう。そうなると様々な商売が立ち行かなくなり、取引が成り立たないのだ。

もはや天狗も、偉そうにしているばかりではいけない。朱門山の天狗たちも謙虚さを身につけ、移ろいの激しい隠世《かくりよ》を生きていかなければならない！

そう唱えているのは、俺の兄貴であり、当主の葉澄《はすみ》だ。

天狗とは鼻が高くて偉そうで、女好きで酒好きで、乱暴者で、空を支配し、自由を好む。もはやこれらの天狗イメージではいけないと兄貴が頑張っているのだが、親父はそんな兄貴の心を一つも知らずに、天狗らしい好き勝手なことばかりしているのだ。

兄貴は現当主であるが、

『自分の理想を押し付けるくせに、松葉の暴走は容認している！』

などと言われ、批判が集まっている。

さらには当主の資格はないと、他の派閥の天狗たちがぎゃあぎゃあ騒いでいるのだ。

あわよくば当主の座を奪ってやろうという魂胆だろうが、騒動が収まりかけたら親父がまた何かやらかすので、朱門山はかつてないほど混沌《こんとん》としていた。

「それで、どうして俺が見合いをしなきゃならねーんだよ？」

俺は朱門天狗の装束に身を包み、朱門山の当主であり俺の兄貴である葉澄と向き合っていた。それはそれは、ムスッとした顔で。

「仕方がない。我々松葉の五人兄弟は、それでなくとも評判が悪いのだ。せめてお前は所帯を持って、落ち着いてもらわないと。そうでなければ、朱門山の当主の座を、叔父《おじ》上や従兄弟《いとこ》たちに奪われてしまう！」

「いーだろうよ、そんなもん。いっそくれてやれ」

俺は耳の穴をほじくりながら、しれっと言う。

すると兄貴が顔を真っ赤にして激怒する。

「馬鹿を言うな！　これは朱門天狗の一大事だぞ！」

まあ、確かに。

もともと、従来の天狗の姿を貫きたいと言う頑固な大御所たちと、時代に合わせて謙虚にならなければならないと言う若い天狗たちで揉《も》めていた。

これはその延長線上にある問題で、そう簡単に解決することではないし、けれども今解決策を打たねば、朱門天狗が二つに割れる様な事態となりうる。

「俺たちは血を血で洗う争いごとにならぬよう、兄弟力を合わせ、手を尽くさねばならんのだ！」

「……はあ。さいですか」

理屈はわかるが、俺は乗り気ではなかった。

兄貴は親父に散々迷惑をかけられてきたからか、親父を反面教師の様にして生きて来た天狗だ。ゆえに、天狗としては小心者で、神経質で小物臭いところがある。

妻子もいると言うのに、どっしりとした懐の深さがない。

このままでは相当な心労で禿《は》げそうだ。

それが心配で、俺が帰ってきたと言うのもあるのだが……。

「そもそも見合いなんてなあ……。今までも何度かして来たが、上手《うま》くいった例《ため》しがねえじゃねーか」

「そりゃお前があまりに不誠実だからだ。明らかに結婚してはいけない男の空気を醸している、と言うのが妻の鷹子《たかこ》からの言伝《ことづて》だ」

「は〜っ。鷹子義姉《ねえ》さんも手厳しい……」

俺は仰《の》け反って、自分の額をぺちっと叩《たた》く。

しかしそんなの、どうしたらいいってんだよ。

長い間、自由に気ままに生きて来たと言うのに、今更所帯を持てと言われて、朱門山に留まって天狗業をやれと？

あまりに俺らしくない。

あまりに、気が滅入《めい》りそうで嫌になる。

俺はこの騒動が落ち着けば、折尾屋に戻るつもりだと言うのに……

「と言うか、双葉《ふたば》兄さんはどうした。普通、兄貴を支えるのは次男の役目だろう。俺は三男坊だぞ、割りに合わん！」

「双葉はダメだ。あいつは現世《うつしょ》へと渡り若いおなごを妻にして、今は世界一周クルーズの旅とやらに出ている。絵葉書が来たところだ」

「………」

確かに、次男の双葉の兄貴は、俺以上に浮ついていて、その口から出るのは嘘いつわりばかりというとんでもなく信頼の置けない男だった。

写真付きのハガキを見ると、うっすら小麦色になった歌舞伎者が、天狗の羽を隠し、南国の植物が描かれた薄手の装束に身を包み、金髪の美女と一緒に船旅を満喫中であった。

くそ。くそっ！　正直羨《うらや》ましい！

俺だって自由にあちこち行きたいし、いっそ現世に渡って新しいことでもやってみようと思っていたのに！

「じ、じゃあ四男坊の秋葉《あきば》はどうした。あいつは真面目で出来のいい奴だった。ちょっと頭がいいからって、俺を小馬鹿にしたような目で見ていたけれども！　あいつがいたら、兄貴の助手としていい働きをするだろう。呼び戻せ！」

「……秋葉は宮中勤めをしている。あいつはあいつで、今回の親父の所業を妖王に説明したりと、忙しい。宮中には兄弟のうち一人はいてくれなければ」

「そ、そっか。そうだった」

むしろ一番大事なポジションについているとも言える。

確かに、四男の秋葉を連れ戻すのは得策ではない……。

「じゃあ、五男坊の葉矢手《はやて》は？　あいつは兄貴思いだった。器用で気も優しくて、あんまり天狗らしくなかったと思うが」

「あいつは文門《ぶんもん》大学で教師をしている。すぐに帰ってこられる立場じゃない。協力できることがあるならしたいと言ってくれている。いいやつだ。だが既に文門《ぶんもん》の地《ち》に家族もいるしなあ」

「ああっ、俺たち五人兄弟って、弟たちの方が断然優秀！」

俺は頭を抱えてゴロゴロと悶《もだ》える。

四男坊と五男坊は、おそらく次男の双葉や三男坊の俺の様になってはいけないと心に誓い、戒めとして真面目に成長したのだろう。

葉澄の兄貴は、俺の肩にポンと手を置き、

「というわけで、葉鳥。頼りになるのはお前しかいない。そして今度の見合いこそ成功させろ。相手は地方豪族のご令嬢だ。朱門天狗が代々お世話になっている一族で、美男美女揃いのカワセミのあやかしだ。期待しておけ」

「……カワセミ？」

「天狗には女子が生まれづらい。ゆえに、他所から嫁に貰《もら》うなら、鳥のあやかしが良いとされているからな」

そんなことは知っている。

だから、俺たちの母親は鷺《さぎ》のあやかしだったし、兄貴の嫁さんも鷹《たか》のあやかしだ。

そして俺の縁談相手は、カワセミと来たか……

などと思っていたら、勝手にセッティングされた見合いの日は、すぐにやって来たのだった。


俺の見合い相手とは豪族の令嬢と聞く。

なんとなくイメージとしては、以前折尾屋を贔屓《ひいき》にしてくださっていた、雨女《あめおんな》の淀子《よどこ》様あたりだろうか。

どれほど高飛車なお嬢様がやってくるだろうか、と思っていたが、その相手が朱門山に来るやいなや、天狗たちのどよめきが、朱門山中に伝わったという。

なにせ、目の前に現れたのは、華奢《きゃしゃ》で、青緑色の髪をしたとんでもない美女だった。

しかし、儚《はかな》げで伏し目がちで、なんだかあまり幸せそうでない感じが、お袋を彷彿《ほうふつ》とさせる。

今日の見合いも嫌だったのではないか？　と俺はすぐに不安になってしまった。

見合いの席では長机を挟んで向かい合い、

「葉鳥と申します。先代八葉、松葉の三男坊でございます」

とりあえず、俺は頭を下げて名乗る。

宿の番頭として長年働いてきて、誰とでもそれなりに会話ができる、気さくで前向きでノリのいいこの俺が、この見合いの席では緊張している。何だか格好悪いな。

ただ、美女は囁《ささや》くような声で、

「翡翠《ひすい》と申します」

と名乗って、丁寧に上品に頭を下げた。

「…………」

「…………」

しばらく沈黙が続いた。喋《しゃべ》ってないと死ぬとまで言われていた、お調子者のこの俺が、妙にドギマギとしてしまい、何の質問もできずにいたのだ。

すると、

「あの……。葉鳥様は、お宿で働かれていたと聞きました」

翡翠殿が、伏し目がちのままポツリと問う。

まさか女性に、しかも儚げで遠慮がちな人に気を遣わせ、会話をリードさせてしまうとは。この葉鳥、一生の不覚。

しかしそのおかげで、会話のきっかけができた。

「は、はい。南の地の折尾屋で長いこと番頭をしておりました。折尾屋には行かれたことがありますか？」

とはいえ、俺が番頭として働いていたうちは、来ていないと分かっている。

俺は客の顔と名前は全部覚えていたし、そもそもこれほどの美女を見逃す訳がない。

「……折尾屋にお伺いしたことは無いのです。しかし先日、天神屋《てんじんや》に。長い間、滞在させていただきました」

「ほお。天神屋に」

笑顔だったが、内心はちょっぴり悔しく思っていた。

なんだよ、そっちかよ。天神屋かよ、みたいな。一応ライバルお宿なんでね。

「天神屋は居心地がよかったでしょう？　俺、天神屋でも働いていたことがあるので、少し詳しいのですよ」

「まあ……そうなのですか？」

翡翠殿が興味を抱いた目をしている。俺もまた調子が出てきて、笑顔で質問する。

「どのお部屋にお泊まりに？」

「確か……遊月《ゆうげつ》の間、でした」

「ああ、遊月！　あそこは裏山の自然が一望できるお部屋だったでしょう。風通しも良くて、気持ちのいい、俺のオススメの部屋でしたよ」

「ええ、ええ。とても心地よいお部屋でした。ちょうど紅葉の時期にお伺いしたので、お部屋に時折、紅葉の葉が舞い込んで来て。ゆっくりと……時間が過ぎていく様な。身も心も休めることができました」

……あれ。

思っていたより、楽しげに語る女性だ。

儚げで薄幸に思えたのは、生まれ持った雰囲気のせいだろうか？

翡翠殿は見落としてしまいそうなほど小さな笑みを浮かべて、

「実は、天神屋で、人間の女性にお会いしたのです。有名な方ですけれど……」

そんな話をした。俺はすぐにピンとくる。

「ああ！　もしかして葵《あおい》ちゃ……葵殿でしょうか？　天神屋で夕《ゆう》がおという食事処を営んでいて、鬼神の大旦那《おおだんな》様の妻女であられる」

「ええ、ええ。津場木《つばき》葵さんです。私、実は色々と辛《つら》いことが続き、塞《ふさ》ぎ込んでいたのです。それで秋の間……天神屋で静かに過ごしていました。そんな中、葵さんが中庭で、声をかけてくださったのです」

「ではその時、何か、お召し上がりになったのでは？」

俺にはその確信があった。

さりげなく問うと、翡翠殿は少し驚いた様子で、「ええ」と答えた。

「美味《おい》しい柿の甘味を頂きました。確か……柿プリンと言っていました。あまり食欲が湧かなかった私でも、軽やかに頂けて……辛い心を包み込む様な優しい甘みがあり、とても美味しかった。体に染み渡る優しさのようなものも感じて、癒《いや》されて。それで私、立ち直るきっかけを頂いたのです。この縁談のお話をお受けしようと思ったのも、その時のことがきっかけで……」

「へえ」

翡翠殿は、その時のことを思い出すように、ゆっくりと、しかし確かな口調で語った。

葵ちゃんの料理の力には、常々驚かされる。

「実は俺も、彼女の手料理には助けられたことがありましてね。お恥ずかしい話なのですが、俺は少し前まで、この朱門山を破門されていたのです」

「まあ、いったいどうして……」

「親父と喧嘩《けんか》をしたからです。それで家出をしまして、様々な仕事を渡り歩き、最終的に折尾屋に留《とど》まっておりました。そこで葵殿は、俺と親父との仲をとりもつ料理をこさえてくださったのです」

あの時のことを、俺は一生、忘れることなどないだろう。

お袋の手料理の謎を解き、俺と親父にとって、一番大切なことを思い出させてくれた。

葵ちゃんがいなかったら、今頃俺はまだ、ここを破門されたままだっただろうから。

「まあ。葉鳥さんも、家出をされていたのですか？」

「……も？」

「私も、一時期家を飛び出し、妖都《ようと》の貴族のお屋敷でご奉公していたのです」

ほお。少し、というかかなり驚かされる話だ。

豪族のご令嬢が、家出なんてあまり聞かない。

パッと見た感じも、箱入りお嬢様という雰囲気なのに。

「色々とありまして、結局、家に戻ることになりましたが……。今思えば、葉鳥様のように、様々な土地で多くの仕事をしてみるべきだったかもしれません。私、何かと甘えているのです」

「そんなことはありませんよ。一度でも外の世界を見て、一人で苦労して稼いだ経験があるのでしたら、それはきっと、のちの肥やしとなりましょう」

俺がそう言うと、翡翠殿はとても驚かれた顔をしていた。

しっかし俺がこんなことを言う様になるとは……

翡翠殿はジワリと目の端に涙を溜《た》められて、

「ありがとうございます。そうだったら、どんなにか嬉《うれ》しいです」

ふわっと小花を咲かせる様な、儚げで美しい笑みを浮かべられた。

俺はしばし、その笑顔に言葉を失う。

きっと、いろいろな事情があって、様々な思いが込み上げたのだろうが……

単純に美女の涙に弱いため、その後の俺は胸をドキドキとさせて、すっかり落ち着きが無くなってしまったのだった。


それにしても、葵ちゃんには感心し、感謝するばかりだ。

だって葵ちゃんの料理のおかげで、俺は親父と仲直りし、更には翡翠殿との会話も弾み、痛みと癒しの共有ができたのだ。

のちに俺と翡翠殿は、無事に夫婦となる訳だが。

葵ちゃんの料理には縁結びの力もあるのではと、俺は密《ひそ》かに思っている。

次に会ったら、葵ちゃんを拝んでおこう。

第十話　一月〜新年〜

現在天神屋《てんじんや》は、大晦日《おおみそか》と三が日は営業していない。

天神屋の大晦日といえば大掃除をして、おでんを食べて、餅《もち》をつくのが恒例だった。

私もまた、おでん作りに励み、それを皆に配ったり、男性陣が一生懸命ついた餅を丸めたりした。

もちろん、夕《ゆう》がおの大掃除も。

とはいえ、こっちは、前々から始めていたので、すぐに終わったのだけれど。

そして、従業員たちが実家へと帰っていくのを見送って、私は天神屋に残ったあやかしたちと共に、飲んだり食べたりした。

そして私は、酷《ひど》く疲れたままぐっすりと眠って、不思議な夢を見る。

おじいちゃんの夢だ。

だけどおじいちゃんは、私の知っている白髪のおじいちゃんじゃなくて、ハイカラな学生服を纏《まと》った、若い姿なのだった。

更には私も、幼い頃の姿でいる。

私は夢の中で、おじいちゃんに向かって「久しぶり」と言った。

そして「元気だった？」と尋ねるのだ。

おじいちゃんは川の向こうの小高い岩の上で座っていたのだが、私に気がつくと口角を吊《つ》り上げ、手を振りながら言う。


「元気さ。俺は彼岸でもな」


なんだかおじいちゃんらしいなと思って、私は幸せな気持ちになった。

しかし、この川に一隻の小舟が浮かんでいることに気が付いた。その上に誰か人が座っていることにも。

なんだかドキリとさせられ、妙な不安を掻《か》き立てられる。

小舟に乗っていた者はこちらに背中を向けていて、それが誰なのかも、わからなかったのに。

〇

早朝に目が覚めた。

まだ朝日も昇っていないような、暗い時間帯だ。

なんだか妙に目が冴《さ》えていて、二度寝しようという気にならないのだ。

「葵《あおい》、葵」

「ん？」

そんな時、縁側の戸袋の向こうで、よく知った人の声が聞こえた。

戸袋を開けると、やはり大旦那《おおだんな》様が、よく着込んだ姿でそこにいる。

うう、寒い。こっちは寝間着姿だと言うのに。

「あけましておめでとう、葵」

「あけましておめでとう……」って、どうしたのよ大旦那様。こんなに朝早くから」

「何を言っているんだい。昨日約束したじゃないか。今日は初日の出を共に拝もうと」

「……あれ？　そうだっけ」

まるで覚えていないが、確かに昨日、忙しくあちこちを行き来している間に、大旦那様がしきりに話しかけて来ていた気がする。

適当に聞き流してしまったようだ。ごめん、大旦那様。

「まだ間に合うかしら」

「大丈夫だよ。今日は晴れているから、綺麗《きれい》な朝日が見えるだろうね」

「ちょっと待っていて。すぐ着替えて行くから」

私は部屋で着替え、大旦那様のようによく着込む。

今もまだ寝ているアイちゃんやチビも、朝日を見るかしらと思って少し揺さぶって話しかけてみたけれど、

「まだ寝ますです〜。ぐー」

「寝るでしゅ。絶対に起きないでしゅ」

とのことだったので、二人は置いていくことにした。

私が外に出ると、大旦那様はこの寒さも平気そうな顔をして、霜の降りた庭を歩いていた。私は真冬の早朝の寒さに、体をさすっている。

「ああっ、早朝は冷え込んでいるわねえ。お部屋の中は、アイちゃんがいるだけでポカポカ暖かいんだけど、外はダメね」

「なら僕の手を握っておいで。鬼の手は温かいからね」

差し出される手を、私は迷わずガシッと摑《つか》んでいた。

以前の私なら、照れたり、これを摑んだら負けとか思っていたけれど、もう夫婦になって少し経つし、今更恥ずかしいなどとは思わない。

それより、暖だ。暖が欲しい。

鬼火を放つその手は温かく、私はひしと摑んでいた。

「アッハッハ。葵にそう必死に手を摑まれるのも悪くない」

「いっそ腕を頂戴。抱きしめながら歩くから」

天神屋の本館は恐ろしいほど静かだった。

今日は宿泊客もおらず、従業員もほとんど実家に帰っているからね。

「しかし誰もいないお宿って、ちょっぴり怖いわね」

「真横に鬼がいるのに、怖いものがあるのかい？」

「そうね。そう考えたら、もう何も怖くないわね……」

本館の長い階段を上り、大旦那様の執務室から縁側に出る。

ここから、初日の出がよく見えるのだった。

「あ、葵さん。あけましておめでとうございます。今年もよろしくお願いします」

「銀次《ぎんじ》さん！　あけましておめでとう！　今年もよろしくね」

銀次さんが、すでにスタンバイして待っていた。そして丁寧に頭を下げ、新年の挨拶《あいさつ》をしてくれた。

「ていうか、銀次さん今日ちゃんと寝た？　昨日、天神屋に残っている人たちと、結構遅くまで飲んでたわよね」

「いや～、あやかしはそれほど睡眠を必要としませんから」

　確かに人間よりはるかに睡眠を必要としないのがあやかしだが、銀次さんの寝ない病はこちらが心配になるほどだ。

　だけど表情は清々《すがすが》しく、銀の尾がもふもふ揺れていて、上機嫌である。

　昨日は浴びる様にお酒を飲んでいたのに、二日酔いもしていない様だ。

「それにしても、本当に静かね……。帰省組は、昨日の夕方には天神屋を出て行ったけれど、家族と楽しくやっているかしら」

　暁《あかつき》とお涼《りょう》は、この正月休みに追加で何日かお休みを貰《もら》って、ずっと行けてなかった新婚旅行に行くらしい。

　喧嘩《けんか》ばかりしているように見えて、意外とちゃんと仲良くやっている。確か、お涼の故郷である北の地を訪れて、春日《かすが》にも会うのだそうだ。

　静奈《しずな》ちゃんは折尾屋《おりおや》に宿泊すると言っていた。

　折尾屋は大晦日やお正月もやっているし、お師匠様である時彦《ときひこ》さんに相談ごとがあるのだとか。でもまあ、単純にお師匠様と過ごしたかったのでしょうね。

　白夜《びゃくや》さんは、いつもは天神屋にいるのだが、今回は妖都《ようと》の知人を訪ねている。どこへ行ったのだろう？　縫《ぬい》ノ陰《いん》様と律子《りつこ》さんのところかしら。

　砂楽《さらく》博士もまた、この天神屋を出て、長く帰っていなかった時計屋のお兄さんのところへと帰省した。

妖都の地下に住んでいて、以前私もお世話になったことがあるのだ。

「葵も、現世《うつしよ》に帰りたくはなかったかい？」

大旦那様が私の顔を覗《のぞ》き込む。

「別に？　だって帰る家って言っても、今はおじいちゃんの家をあやかしたちの貸家にしているし、あちらの初詣《はつもうで》なんて人人人で、大変なんだもの」

「現世は隠世《かくりよ》に比べて、人の数もあやかしの数も桁《けた》違いですからねえ」

銀次さんはクスクスと笑った。

昔、おじいちゃんと一緒に、近所の大きな神社に初詣に行っていたけれど、ぎゅーぎゅー詰めの人だかりで、あれほどしんどい行事も無かったな。

その中には、人に紛れて多くのあやかしもいたのだから。

「あ、見て！」

そんな時だ。朝日の眩《まばゆ》い光が、遠くの山間《やまあい》より姿を現わす。

「うわあ～綺麗……」

初日の出を見ることは、現世の人間たちの間でもめでたいこととされていた。

隠世のあやかしたちにとってもそうみたいで、普段は早起きなど苦手だというのに、この日に限っては日の出前に起き出して、屋根の上や、外に出ている銀天街《ぎんてんがい》のあやかしたちもいる。その姿が、ここから見える。

とても寒いと思っていたのに、初日の出の強いオレンジ色の光を見ていると、何だかその寒さを忘れて、暖かな心地になる。

何だか体の内側から、力が漲《みなぎ》ってくるような……

「隠世では、初日の出はその一年の豊作をもたらすと言われている。去年は台風のせいで米が不作であったから、今年は豊作であるように祈ろう」

「どんなに時代が変わろうとも、米は大切ですからねえ。隠世に住まうあやかしが年々増えていることで、食料不足も危惧《きぐ》されていますし」

大旦那様と銀次さんがそのような話をしながら、初日の出を拝んでいた。

「そうねえ。飢えだけは、あってはならないことだもの」

私もまた、いっそう姿を現した、今年最初に拝む太陽に向かって、思いを馳《は》せる。

今年の実りと、恵み、それを頂きながら営む夕がおのことを。

そして、飢えで苦しむような者が、人にもあやかしにも居てはならない、と。

「お正月と言ったら、やっぱりお餅《もち》よね」

その後、夕がおにある座敷の個室で、並べて餅を焼いた。

これが私たちの朝ごはんだ。

大晦日《おおみそか》の大掃除の合間に、従業員たちで餅つきをしていたのだけれど、その時の餅が大量にある。

「昨日の餅つきは、反之介《たんのすけ》が腰を痛めて大変だったわね」

「お正月にぎっくり腰とは、あいつもついてないな」

だけど、ごめん反之介。その時のポーズが面白くて、ちょっと笑っちゃったわ……

「そういえば、アイさんやチビさんは？」

「まだ寝ているのよ、あの子たち。だけど、お餅を焼くいい匂いを漂わせていたら、きっと起きてくるわ」

と言うわけで、餅を焼き続ける。

ぷっくりと膨らんだお餅もまた、お正月の風物詩だ。

鬼門の地で作られた餅米で作ったお餅はとても美味《おい》しい。七輪で焼くとなおのこと。

味付けも色々と用意した。

焼きたてを砂糖醬油《じょうゆ》に潜《くぐ》らせ、パリッとした海苔《のり》で巻いたもの。

大根おろしとポン酢で和《あ》えて、さっぱりいただくもの。

黒蜜《くろみつ》ときな粉。

美味しいお汁に、焼き餅を入れたお雑煮。

あんこを包んだ焼き餅は、焼きたてそのままを香ばしくいただく。

「私、最近はこの焼きたてのあんこ餅が一番好き。みんなは？」

「私は……今は砂糖醤油ですかね」と、銀次さん。

「ああ、それも捨てがたいわよね〜。海苔で巻いて食べるの。絶対に一つはそれよ」

「僕は、葵が作ってくれた、お雑煮が好きだよ。野菜がたっぷりで」

ちょうど大旦那様が、手作りのお雑煮を食べていた。

お雑煮のお餅は焼いて入れるのか、そのまま煮るのかは、地域差があったりするらしいが、私が現世にいた頃は、煮る地域だった。

だけど今回は、焦げ目のついた焼き餅をお雑煮に入れてみる。

お餅の表面に香ばしさと、カリッとした食感が残っていて、こちらもとても美味しいし、私はこっちの方が好きかもしれない。

他にも、お口直しのお漬物やお惣菜《そうざい》をいくつか出していた。

たくあんに、きゅうりや人参《にんじん》のぬか漬け。

実はこのきゅうり、チビが夏の間に作ったものを漬けたものだ。

チビは現世を旅した後、きゅうりは媚《こ》びて貰うものではなく育てるものだ、という悟りを開いた。

そしてきゅうりの苗を買ってきて、夕がおの裏に自分専用のきゅうり園を作ってしまい、自給自足を始めたのだった。

そのきゅうりがやたらと実りすぎ、結局いろんな漬物にしてこの冬も食べている。

まあ、きゅうりを買う必要がなくなったので、私としてはありがたいのだけれど。チビはきゅうり農家にでもなるつもりかしら……

「おはようございます～」

「おはでしゅ」

やがて、アイちゃんやチビが起きてきた。

二人は寝ぼけ眼だったけれど、お餅のいい匂いには逆らえなかったのだろう。

「あけましておめでとう、二人とも。今年もよろしく。早速お年玉をあげよう」

大旦那様が広い袖《そで》をガサゴソと探り始める。

これによりアイちゃんとチビが、パッチリと目を覚ます。パッチリついでに、目がギラギラしている。

大旦那様や銀次さんに、順番にお年玉を貰い、二人はすっかり舞い上がっていた。

銀次さんは王道のポチ袋だったけれど、なぜか大旦那様は、現世の国民的キャラクターの描かれたポチ袋。

「わーい、わーい。大旦那さまに旦那頭《だんな》さま、大好き！」

「わーい、わーいでしゅ。これで今年のきゅうりの苗と肥料が買えるでしゅ～」

アイちゃんとチビはお年玉に大喜び。

ひとしきり喜ぶと、二人はジーッと私を見ていた。

「何よ、私からは無いわよ。むしろ私が貰いたいくらいよ」

「……葵さまのケチッ。結構稼いでるの知ってるんですからね」

「……葵しゃんのドケチ。今年は僕のきゅうり園を拡張する気だったでしゅのに」

「ケチで結構。子どもが大金を持つとロクなことにならないんだから。……ほらほら。いいから焼き餅をお食べなさい。この後、鬼門岩戸《きもんいわと》神社に初詣に行くのよ」

焼き餅のように頰をぷくっと膨らませたアイちゃんとチビに、朝ごはんを食べるように催促する。と言っても、お餅づくしなのだけれど。

その後、私と大旦那様と銀次さん、そしてアイちゃんとチビで連れ立って、鬼門岩戸神社へと向かう。

鬼門の地で最も大きな神社であることから、周辺は初詣のあやかしたちでガヤガヤと賑《にぎ》わいを見せていた。

ただしこの神社の石段は長く、軽く登山である。

「そういえば前に、私が子狐姿の銀次さんを抱っこして、この石段を上ったわね」

私がその話をすると、銀次さんはドキッとして耳と尻尾《しっぽ》の毛を逆立てた。

アイちゃんが何とも言えない目でじーっと銀次さんを見ている……

「あ、あの時は、ほら。私もまだ若くて～」

「銀次。お前はこの数年ほどで、随分と歳をとったのだな」

大旦那様が真顔で突っ込む。銀次さんはもう何も言えなくなって、苦笑いをしながら顔を赤くしていた。

やっとの事で石段を上り、境内にたどり着くと、

「あ、見て！　今年も大根炊きを配っているわ。私あれが毎年の楽しみなのよね」

「こらこら葵。大根炊きは参拝の後だよ」

「わかっているわよ。まだあるか確認しただけ」

境内では神社のあやかしたちが、参拝客に温かな大根炊きを配っていた。

これは大根と厚揚げを醤油で煮込んだもので、ここ鬼門岩戸神社では初詣に食べることができる。

新しい一年の無病息災を祈願し炊かれたものなので、これを食べるとご利益があるとか何とか。

あれだけたらふく、お餅を食べた後なのに。

この寒い中であれば、ホクホクで味の染み込んだ大根炊きは美味しいだろうと、私は早くもお腹を空《す》かせていたのだった。

長い列を待ち、いよいよ拝殿にたどり着く。
お賽銭《さいせん》を入れ、二拝し、パンパンと二度手を叩《たた》く。
さあ、この地の守り神に、私は何を願うだろう。
今年一年の抱負とは？
そりゃあ、今抱えている企画や事業が成功しますように、とか。
お客様満足度一位を、変わらず達成できますように、とか。
夕がおのリフォーム計画が上手《うま》くいきますように、とか。
大旦那様と、もうちょっと夫婦らしく進展したいなあ、とか。
色々とあるけれど、それより何より。

「今年も、天神屋の従業員がみんな、元気一杯で働けますように」

これが一番、大切だ。
天神屋という大きな家の家族たちが、今年も誰一人欠ける事なく、楽しく、愉快に、そこそこ繁盛しながらやっていけますように。

「ところで大旦那様は、何をお願いしたの？」

隣で長々とお祈りしていた大旦那様に、後からこそっと尋ねてみた。

「ん～。これからも葵と、仲睦《むつ》まじく幸せでラブラブな夫婦でありますように、とね」

「う、うわ……大旦那様がラブラブとか言うと、何かね」

そしてやっぱり、今年は大旦那様と、もう少し夫婦らしくなれますように。

これは自分自身、密《ひそ》かに誓ったのだった。

第十一話　二月〜北の国からの贈り物〜

北の地の八葉《はちよう》・キヨ様の奥方である春日《かすが》。

彼女が、雪解けの春になるまで、しばらく天神屋《てんじんや》に滞在することとなった。

春日とは、丸顔でくりっとした目と、もふもふの狸の尻尾が特徴的な、可愛らしい化け狸のあやかしだ。

彼女は、その童顔に不釣り合いとも思える大人びた立派な着物を纏《まと》い、今しがた天神屋についたばかりだ。

春日様のお越しとあって、うちの従業員たちにも落ち着きが無い。

それもそのはず。

春日はもともと、天神屋の仲居をしていた。

当時は下っ端の様な扱いで、誰もが春日を使いっ走りにしたり、小間使いのようにしたり、何かと頼みごとをしていたっけ。

立場が大逆転したとあって、従業員たちは春日がやってくると、焦りの冷や汗を隠しきれない者も多いのだった。

しかし春日は、あの頃と全く変わらない天真爛漫《てんしんらんまん》な様子でやってきて、天神屋にある豪華な土産を寄越してくれたのだった。

「見てよこれ、すっごいでしょ！」

「う、うわあああ～……」

巨大な荷台に載せられて運び込まれたそれに、誰もが度肝を抜かれている。

蟹《かに》。蟹。大量の蟹。

しかも上物ばかりである。

さすがは北の地。この季節は北海の幸がとにかく美味《おい》しい。

ただ、北の地でもこのような豊作は珍しいらしく、普段から付き合いのある天神屋に一部を贈与してくれたのだった。

そして春日は、私のところまでやってきて言うのだ。

「ねえ葵《あおい》ちゃん、これで何か美味しいものを作って！」


しかしどうしてこの時期に、春日のような八葉の奥方様が、天神屋に泊まりに来たのだろう。しかも雪解けの春までと言う。

二月は閑散期なので、価格の高い部屋に長期滞在してくれるというのは、天神屋からすればありがたい話なのだが。

春日は大旦那《おおだんな》様に挨拶《あいさつ》をしに行った後、夕《ゆう》がおに来ると言っていた。

私はというと、夕がおの厨房《ちゅうぼう》にて、大量の蟹をどう調理しようかと悩んでいる。

これほど素材のいい蟹は、茹《ゆ》でるか焼くかで食べるのが一番美味しくて、私が特別な調理をする必要など、ほとんど無いからだ。

というか、私が茹で蟹にして、蟹酢でもりもり食べたい。

だけど春日が私に求めているのは、そういうのではないのでしょうね。

「お待たせ、葵ちゃん！」

「あ、春日。……えっ!?」

夕がおに飛び込んできた春日を見て、私はギョッとした。

なんと春日は、以前天神屋で働いていた時のように、仲居の格好をしていたのだ。

「ど、どうしたの春日。まるでうちの従業員のようよ！」

私がオロオロしていても、春日はどこ吹く風。

「大旦那様に許可をもらったんだもーん」

とか言う。どうやら従業員用の着物を、一式貸してもらったらしい。

大旦那様ったら何を考えているのかしら……

「あたし、滞在中はこの格好でいるし、時々天神屋や夕がおのお手伝いもするから」

「えええっ!? それっていいの!?」

「いいの、いいの。あたしがそうしたいんだから。以前までのお仕事は、今もこなせると思うよ」

春日はカウンター席に座り、頬杖《ほおづえ》をついて呑気《のんき》に言う。

私はすっかり唖然《あぜん》としていたが……

「葵さまー、蟹のハサミが手に刺さりそうですよ」

アイちゃんの声が聞こえて、そういえば蟹を目の前に置き、どう調理しようかと考えていたのだった。

「わ、わかったわ。とりあえず色々と話を聞きたいんだけど……あ、アイちゃん、春日にお茶を出してあげて」

「はーい」

ひとまず、私は春日の従業員姿に納得し、受け入れる。

そして蟹もまた、丸ごと大鍋《おおなべ》で茹でることにしたのだった。


「ねえ、春日。聞いてもいい?」

「んー?」

「どうしてこの時期に、天神屋に長期滞在するの? 春までいるって聞いたけれど、北の地の氷里城《ひょうりじょう》にいなくていいの？」

「…………」

「キヨ様と、何かあったの？」

春日はアイちゃんの出したお茶を啜《すす》って、ふうと息をつく。

そのまましばらく黙っていたけれど、

「キヨが悪い訳じゃないんだよ。ただ、キヨに側室の話が出ているだけ」

「…………え？」

思いもよらない話に、私はすぐに言葉が出なかった。

「え……と、側室⁉」

思わず聞き直す。

側室って、要するにもう一人奥さんができるってことよね？　あのキヨ様に⁉

春日は視線を横に流しながら、話を続ける。

「私たちの間になかなか子どもが出来ないからって、氷人族《ひょうじんぞく》の連中があれこれ言ってくるんだよ」

「跡取り問題ってこと……？」

「ほら。あたしって狸でしょ？　氷人族の連中は、氷里城の城主の後継には、正統な氷人族の子であって欲しいんだ。こんな……狸の耳や尻尾の生えた毛玉に、頭を下げたくはないんだよ」

「け、毛玉って」

北の地は、ここ隠世《かくりよ》の中でもかなり独特な雰囲気がある土地だ。

隠世の原住妖怪《ようかい》であった氷人族が支配し、雪と氷に閉ざされた、神秘の土地。

そこは氷里城を中心に、まるで小さな国のような形態で成り立ち、妖都《ようと》の干渉すらほとんど受けずに統治されていた。

純血の城主であるキヨ様が、文門《ぶんもん》狸の娘である春日を娶《めと》ったことで色んな事件も起こったけれど、あの時それは、解決した様に思われていた。

だけど、今もまだあの地に燻《くすぶ》る、排他的な空気はあるみたいで……

「そ、それで、キヨ様は？」

「そりゃあ、キヨは側室に反対しているよ。そんなガラじゃないし。そもそもそんなことしたら、文門狸を怒らせてしまうし」

「ですよね」

おそらくこの隠世で、今一番怒らせてはいけない種族が、春日の一族である文門狸に違いない。

彼らは各地と繋《つな》がっており、多くの情報を集めて、中央の権力すら握りつつある。

キヨ様もそれをわかっているから、春日を嫁に迎えたのだ。

「ただ、キヨが猛烈に反対するせいで、私がまた暗殺されかけるようなことがあったからさー」

「え」

「毒だよ毒。ほんっと芸がないよね。でもそのせいで、キヨが気が気じゃない様子だったから。とりあえず私が安全な場所に移ろうって話になったんだ。それでキヨが、天神屋の大旦那様に頼み込んだんだよ」

「ああ、なるほど。この滞在は、春日を守るためなのね」

だけど内心ざわついている。春日の命が再び脅かされるようなことがあるなんて、考えただけで胸が締め付けられる。

一方で、キヨ様との関係が拗《こじ》れたわけではないことに、安心もする。

「だけど、心配だよ」

春日は唇を尖《とが》らせた。

「キヨを信じていない訳じゃないけれど、人がよすぎるところがあるからなあ。あたしが居ない間に、ハニートラップにでも引っかかったらって」

「ハニートラップ!?　誠実なキヨ様に限って、そんな」

そういうのから一番遠そうに思うのだけれど、流石に、妻である春日は気が気ではない様子だ。

私も春日の立場だったら、そりゃあ心配だろうな。

「でも、よかった。キヨ様とまた喧嘩《けんか》したんじゃないかって、ちょっと心配だったの。ちゃんと仲良し夫婦をやってるのね」

「そりゃキヨとは仲良しだよ。最近はキヨもグッと大人びて、かっこいいんだ〜っ。私たちもやっと夫婦らしくなってきたし！」

「…………」

あれ？　もしかして春日とキヨ様の方が、私たちより色々先に進んでる？

「それにね、あたしだって、あの土地に貢献できるよう頑張ってるんだよ。だけど、やっぱりあの土地は、寒いからさあ」

やりたいことの全てが、できるわけではないと春日は言った。

寒さのせいで体調を崩すこともよくあるし、どんなに厚着をしても、氷人族と同じように雪の中で過ごすことはできない。

結局、暖かくした氷里城に引きこもっているばかりだ、と。

「あたし、葵ちゃんが羨《うらや》ましいよ。同じ八葉の嫁なのに、色んなことに挑戦してさ。雑誌でもよく見るんだ、葵ちゃんの手がけたお店や、お料理や甘味の特集」

「あ、あはは、そうなんだ……」

ていうか、いつそんな特集組まれたっけ？

「天神屋に来た理由は、葵ちゃんの作ったものや、手がけたものを、見たいっていうのもあったんだよ。最近、特に頑張ってそうだったからさ。それで……あたしも北の地で、何かに生かせたらって思ったんだ」

春日の言うことに、私は眉《まゆ》を寄せて笑う。

「春日。そんな風に思ってくれるのは嬉《うれ》しいけれど、春日は春日のペースでいいと思うわよ。私はただ、やりたいことを好き勝手にやっているだけで、これはこれで困りものだと思っている人たちもいるんだから」

「そうなの？」

「そうそう。八葉の花嫁は、その旦那様を側で支えるべきだーって。この前なんて、年配のお客様からお説教食らったんだから。嫁のくせに、あちこち出しゃばり過ぎだって」

「へえーっ、葵ちゃんでもそんな風に言われるんだ！」

「もちろんよ。思い出すだけでも、少し腹がたつわ」

隠世はまだまだ男性社会だ。

女性が表立って活躍することに難色を示すものはいる。

特に八葉の嫁となると、注目されやすい分、忙しい旦那を陰で支えるべきだと言う声も上がりやすい。

「ふふふ。葵ちゃんはいつも、そういう堅苦しい考え方や古いしきたりみたいなものを、自力で突破していくよね。こう、扉をこじ開けるみたいにして」

「嫌な言い方しないでよ。まだまだ壁にもぶち当たるし、私は私らしく、やるべきことをやっていくのみよ」

私は、茹《ゆ》で上がった蟹《かに》を鍋から引き上げる。

茹で蟹は赤く色づいて、漂う匂いだけでため息が出そう。

さっそく蟹を捌《さば》く。裏返しにしてお腹の真ん中に刃を当てて、殻を割るように切り、甲羅を外していく。

蟹脚の付け根の部分をハサミで切って、あらゆる部位から、少しずつ蟹身をほじくって取り出す。そしてほぐす。

「ねえ葵ちゃん。ところであたしに何を作ってくれるの？　まさか、ただの茹で蟹じゃあないよね？　あたしはもう食べ飽きてるからね」

春日が自分を指差しながら、不安げに問う。

「そう言うと思って、春日には特別に蟹クリームコロッケを作ってあげるわ。蟹身を使った洋食なの」

「蟹クリームコロッケ？　ふふ、流石葵ちゃん。わかってるねえ」

それを聞いて、春日は両頰を手のひらで支えながら、ニッと笑った。

蟹クリームコロッケ。

それは、トロッとした蟹入りホワイトソースが、揚げたてサクサクの衣からとろけ出る、誰もが大好きな家庭的な洋食。

だけどこんなに立派な蟹のほぐし身を使って作ることは、あまり無いだろう。

私も、蟹の缶詰か、カニカマでしか作ったことがないし。

蟹身の処理が終わったら、本格的に蟹クリームコロッケ作りに取り掛かる。

まずは玉ねぎをみじん切りにして、バターで炒《いた》める。飴色《あめいろ》になったら、そこに先ほどほぐした蟹身と料理酒を加えてさっと炒め、小麦粉をまぶし、よく混ぜて、牛乳も少しずつ加えていく。そこに塩胡椒《こしょう》を加えしばらく煮詰める。

これが蟹クリームコロッケの中身となる。

平たい容器に移し入れ、冷蔵庫で冷やして固める。

「しばらく待ってなさい。隠世の冷蔵庫だとすぐ冷えるけれど、二十分は必要かしら」

「えーっ、もうお腹ペコペコなのに〜」

春日がブーブーと文句を言う。私の料理を楽しみにしていたため、今日は軽めの食事しか食べていないらしい。

「まあまあ。空腹は最高のスパイスよ。それか、茹で蟹でも食べる？」

「うーん、待ってる……」

春日がそう言うので、余っている最高に美味《おい》しい茹でたての蟹脚は、アイちゃんとチビに与えることにした。

二人は目をギラギラさせて、奥の方で蟹脚を貪《むさぼ》っている……

いつもは愛らしい二人の、あやかしとしての本当の姿を見た気がした。

恐ろしや、恐ろしや。

「んー……そろそろいいかしら」

冷えて固まったクリームソースを俵形に丸め、あとはこれを溶き卵にくぐらせ、パン粉をつけて、熱した油で揚げるだけだ。

こんがりしたきつね色になるまで揚げたら、取り出して油を切る。

これを二個ほど、千切りキャベツや冷やしトマトとともにお皿に並べ、春日の元に運んだ。

「うわあああ」

春日はその俵形の揚げ物に、興味津々といった様子だ。

ソースは、ウスターソースとケチャップで作った手作りのものを、お好みで。

春日はさっそく、ナイフとフォークを手に取り、そのナイフを俵形の蟹クリームコロッケに当てて、サクッと切る。

トロリととろけ出た蟹クリームと、ふわりと立ち上る蟹の風味と湯気に、春日はますます期待を募らせる。

そして、少しだけソースをつけたら口に運び、春日はそれをパクッと食べた。

アツアツ、もぐもぐと咀嚼《そしゃく》し、

「んーっ、たまんなーいっ！」

目をぎゅっと閉じて、子どものように足をバタつかせ、悶《もだ》えている。

この幸せそうな顔こそ、春日には一番似合う。

「どう？」

「びっくりだよ！　蟹にこんな食べ方があったなんて。アツアツとろっとろで、サックサク。見た目にいかにもコロッケで、蟹っぽさなんて全くないのに、この俵形の中にちゃーんと蟹の旨《うま》みが詰まっているんだもの」

「そうねえ。蟹出汁《だし》の力ってすごいわよねえ」

「ねえ、もう一個追加で！　白ご飯もちょうだい！」

「はいはい」

春日がこんなに喜んでくれてよかった。

さっそく春日に白ご飯をよそい、おかわりの蟹クリームコロッケを追加してあげた。

蟹クリームコロッケって、濃いソースの味とともに白ご飯にもよく合う、定番のおかずだったりするのよね。

そしてこの立派な蟹で作った蟹クリームコロッケ定食、私も食べたい……

と言うわけで、私も自分の分の蟹クリームコロッケ定食を用意し、カウンターに運ぶ。

そして私はナイフとフォークなど使わず、お箸《はし》でがっつりいただきます。

サクッと一口食べて、目をカッと見開くほど驚いた。

春日の言っていた通り、とろけるクリームソースの中に、蟹の旨みがぎゅーっと詰まっている。

本物の蟹を使ったことで、美味しい蟹出汁が、バターや牛乳のクリームソースに混ざり合って、言葉にしがたい幸せの味を生み出しているのだった。

「ううう〜っ、美味《うま》い、何これ、幸せ」

思わず天を仰いだ。

「ほら、葵ちゃんもそうなる」

「びっくりしたわ。これ、本当に私が作った蟹クリームコロッケ？　素材がいいとこんなにも奥深い味の蟹クリームコロッケが出来上がるのね〜」

この幸福感は、従業員たちにも分けてあげなければならない。

しばらくは定食メニューのおかずに、蟹クリームコロッケを加えなければね。

「ふふっ。葵ちゃんって相変わらず、料理バカなんだねえ」

春日がいつの間にか蟹クリームコロッケを食べ終わり、私の方をじっと見ていた。

「バカって何よ。お涼《りょう》みたいなこと言わないでよね」

「この蟹クリームコロッケ、お涼様なら五つは食べそうだね」

「そうね。大量に作っておかなくちゃね」

「大旦那様にも食べさせてあげる？」

「そりゃあ、まあ。なんとなく好きそうだし」

「ねえ、葵ちゃん」

「ん？　なに？」

「葵ちゃんはさ……結婚して、幸せ？」

「…………」

　唐突な質問だった。

　普通の会話の中で、さらりと問いかけられたので、私は言葉に詰まり、返事ができなくなる。

　ただ春日は、隣で、真剣な表情をして私を見ていた。

　春日にとって、その問いかけは、何を意味しているのだろう。

「私は……」

　でも、たとえその問いかけの意味が何であろうとも、私は嘘偽りなく答えた。

「私は、幸せよ。だって、この世で一番好きな人と結婚したんだもの」

「…………へへっ」

春日は真剣な表情を解かすように、へにゃっと柔らかな笑顔になった。

「だよねえ。あたしもそう。大変なことがあっても、好きな人の側にいられることが、嬉しいんだ。そりゃあ時々、天神屋に戻りたくもなるけれど……でもやっぱり、どこにいたって、夕がおで美味しいものを食べていたって、キヨのことが頭に浮かぶんだ」

「春日……」

「今、何を食べているのかな、とか。寂しがってないかな、とか……ね」

彼女は視線を上げて、いきなり自分の両頬をパシンと叩《たた》いたと思ったら、

「よし！　天神屋にいる間に、葵ちゃんにたくさんお料理を教えてもらって、帰ったらキヨに食べさせてあげよう。この蟹クリームコロッケも！」

「おお……春日がやる気に満ちているわ……」

突然、元気よく宣言した春日に、私もまた苦笑した。

春日が何を憂いていたのか、わからなくもない。

お互い大変なことも多いけれど、大切な旦那《だんな》様を思えばこそ、強くなれる自分がいたりする。

「ありがとう葵ちゃん。あたし、気弱になってたけど、強い覚悟を思い出したよ！」

「へ？　私、何かしたかしら？」

「葵ちゃんのお料理は、相も変わらず、あやかしたちの心を動かすからさ！」

その後、春日は天神屋にいる間、仲居としての手伝いの合間に夕がおに通い、まるで花嫁修業のごとく新しい料理を学んだ。

そして、予定より少し早い、雪解け前には北の地の氷里城へと帰っていった。

好きな人と結婚しても、幸せなことばかりではない。

時には時間を巻き戻し、懐かしい場所に帰りたくもなる。

大変なことだって、気弱になることだってあるけれど、それを乗り越えられるのは、今も心から大好きだと言える人と、結ばれたから。


そして、そのよく年。

春日とキヨ様の間には、可愛らしい双子が誕生した。

一人は、お顔がキヨ様に似た狸要素の強い女の子で、もう一人は、お顔が春日に似た氷人族要素の強い雪男児。

私は二人の赤ちゃんをお祝いしに、再び氷里城に行くことになるのだけれど、これはまた別のお話。

第十二話　三月〜律子さんへ〜

冬の寒い日に、妖王家《ようおう》の律子《りっこ》さんが体調を崩したという。

それからずっと、調子の悪い日が続いているのだとか。

私はそれを全く知らずにいたのだが、ある日、白夜《びゃくや》さんに呼び出され、全てを伝えられた。

おそらく律子さんは、もうあまり長くはないだろう、と。

私はその話を聞いた時、頭が真っ白になって、やがて初夢のことを思い出した。

おじいちゃんが対岸にいる川の小舟に、誰かが乗っていたことを。


「……まあ、葵《あおい》さん。来てくれたのね」

「こんにちは、律子さん」

妖都《ようと》にある縫《ぬい》ノ陰《いん》邸にて。

律子さんはすっかり痩《や》せた姿で、床についていた。

最近は寝たきりで、あまり食事もできないらしい。ただ調子のいい日もあるみたいで、柔らかいものなら食べられるという。

原因は、病だ。

それは人がかかる病ではなく、基本的にはあやかしがかかる、隠世《かくりよ》の病なのだとか。

食べ物の霊力を体が吸収することができず、体が弱っていく。

ただの人間であれば、何も問題ないのだが、あやかしにとって霊力は命の源であり、霊力の枯渇は命を削る。

要するに律子さんは、人間でありながら、もうほとんどあやかしと同じ性質を持っていたということだ。

律子さんの姿を見るまでは、まさかそんなという気持ちがどこかにあったが、その窶《やつ》れた姿にはどうしようもなく、病魔の影響を感じてしまう。

「ごめんなさいね、こんなみっともない姿で。でも、よかった。葵さんに、もう一度会いたかったのよ」

まるで、最後にもう一度、と言っているかのようで、私はたまらず、律子さんの手を取った。

「律子さん、律子さん。しっかり……っ、たくさん食べて、元気になってください」

そして、私にもっと、たくさんのことを教えてください。

「葵さん、そんな顔しないで。だって、私もう、九十年生きたおばあちゃんだもの。どこかにガタがくるわ」

「………」

「人間に、永遠はないの。死は平等に訪れ、そしてそれは、決して不幸なことではない」

律子さんは全てを受け入れ、悟っているかのようで、私は言葉が出なかった。

確かに律子さんは、病を患ってなお、とても九十歳には見えない。

それこそ、見た目は私の母くらいとも言える。故に私は、どこかで律子さんのことを、自分の母のように思い、慕っていた。

人間とは、隠世であやかしたちと同じ食べ物を食べていると、少なからず長生きになる。

それは以前、律子さん本人から聞いていた。

若々しい見た目を保ち、老化を遅らせるのだ。

だけど決して、不老不死ではない。それを私は思い知らされる。

たとえ寿命が延びたとして、病にかかれば、人もあやかしも年齢に関係なく命を脅かされるのだ。

「最近ね、現世《うつしょ》の夢を見るのよ」

律子さんは再び横になり、どこでもない場所を見つめて、囁《ささや》いた。

「何の夢ですか？」

「故郷の、長崎《ながさき》の夢」

「…………」

「私は結局、あれから一度も現世には戻らなかった。故郷は戦争の末、焼け野原になってしまったし、今現世に戻っても、私は決して、故郷に戻ってきたような感覚を得ることはできないでしょうから」

見たかった故郷は、二度と見ることはできないから。

「けれどね。心の中にはまだ故郷があるの。とても鮮明な、ふるさとの姿が。目を瞑《つぶ》れば、寝てしまえば、夢の中で父や母や、兄弟たちが待っている。隠世で元気にしていた間は、すっかり忘れていたというのにね」

「……律子さん」

その瞳《ひとみ》は朧《おぼろ》げで、今にもどこかに連れていかれそうなほど、遠くを見ている。

私は気が気ではなかった。何か、こちらに繋《つな》ぎとめるようなものはないのかと、必死になって考える。

「律子さん……何か、食べたいものはありますか？」

結局、私にはこれしかない。

ゆえに、尋ねてしまった。あまり物を食べられないと聞いていたのに。

「そう、ねえ……」

律子さんの瞳に光が戻る。そして彼女は、以前のように目を細め、柔らかく微笑んだ。

「ふふ。私、カステラが食べたいわ。故郷で食べていたような、ザラメのついた柔らかなカステラ。甘くて、ふわふわの……」

「カステラ……」

確かにそれは、律子さんの故郷である長崎の名物だ。もうずっと昔からある菓子で、律子さんが懐かしく思うのも無理はない。

その後すぐに、律子さんは目を閉じた。

ドキッとしたけれど、どうやら眠りについたようだ。

私の後ろでずっと私たちの会話を見守っていた縫ノ陰様が、そう教えてくれた。

「薬のせいか、よく眠るのだ。夢を見る作用がある薬らしく、それで故郷を懐かしく思っているのだろう」

縫ノ陰様は悲しげな笑みを浮かべ、眠る律子さんの額の髪を払った。

「本当は、現世に一度でも連れて行ってやりたかった。たとえ、りっちゃんが焦がれる故郷の姿が、どこにも無くても」

「……でも、律子さんは隠世で、縫ノ陰様と一緒にいられることが、一番の幸せだったのだと思います」

私もそうだ。懐かしいと思っていても、そこへ帰りたいと本気で思うことはない。

もう自分の居場所、大切な人たちは、隠世にいるから。

「そうだねえ。そうだといいね」

縫ノ陰様は苦しそうに微笑む。だけどその笑みも、長続きはしない。

きっと誰よりこの状況を悲しんでいるのは、律子さんの夫である縫ノ陰様だろう。

律子さんと縫ノ陰様は、深く愛し合い、人とあやかしの隔たりをも乗り越え、結ばれた。

私が見るお二人は、今もまだ新婚のように仲睦《むつ》まじく、幸せそうだった。

「何か、方法は無いのですか？　律子さんを元気にする方法が」

「……それが無いのだ。今の隠世の医学では、一つも」

縫ノ陰様は声を絞り出す。

「隠世では、人を診る医者はとても少ない。律子はもうほとんど妖《よう》的ではあったけれど、それでもやはり、人なのだ」

「…………」

確かに……隠世にはそもそも、人間が少ない。

隠世で長年を過ごした人間を診ることのできる医者など、本当に少ないのだろう。この世のどこかに手の打ちようはあるのかもしれないが、それを見つけられないのだ。

一番歯がゆく、恐ろしい思いをしているのは縫ノ陰様だとわかっていたから、私はもう何も言えなかった。

「でも、覚悟はずっとしていたんだよ。律子を現世から連れてきた時からね」

悲しみを堪《こら》え、縫ノ陰様は語ってくれた。

「あやかしと人の夫婦とは、その性質以上に、寿命の違いで苦しむ。律子の場合、病がなければもう少し生きられただろうが、それでも……きっと私より、はるかに先に逝くだろうとわかっていた……っ」

「縫ノ陰様……」

泣いてしまいそうになったのを、ぐっと堪えた。

私はもうこれ以上、ここにいてはいけない。

残りわずかな時間を、律子さんと縫ノ陰様で過ごしてもらいたい。

愛し合い、共に生きた二人で。

そして、彼らの辿《たど》る結末、彼らの儚《はかな》く尊いものを、私は見守り、覚悟して迎えなければならない。

彼ら二人の姿は、私への問いかけでもあり、道標《みちしるべ》でもあるのだから。

帰りの宙船《そらふね》の中で、私はぼんやりと考えていた。

人間が妖怪《ようかい》に嫁ぐ意味。

そして隠世で生き続ける意味を。

律子さんは妖都の貴族の嫁として隠世にやってきてから、数多くの、想像もできないような苦労があったという。

当時は今以上に、人間というものに対する、あやかしたちの差別があったのだろう。

特に妖都の貴族たちは、あやかしらしい残酷さや残忍さを備えている。

誰かの苦しむ様を娯楽のように楽しみ、酒の肴《さかな》にしていたというから。

それに、プライドの高い貴族たちの嫉妬《しっと》や足の引っ張り合いは日常のことで、律子さんも相当な嫌がらせを受けたらしい。

以前、笑いながら話していたけれど、死にかけることもあったのだとか。

だけど、決して彼女は、隠世へ来たことを後悔してはいないだろう。

私とは違うやり方で、あやかしたちと渡り合い、今では大きな影響力を持ち、女性たちの憧《あこが》れの的でもあった。

おじいちゃんとは違う形で、センセーションを巻き起こした人間。

律子さんの髪型、着物や持ち物などは、妖都ではすぐに問い合わせが殺到し、売り切れてしまうとか。

いいや、違う。

そんな見た目の話ではない。

律子さんの言葉や行動は、非常に慈悲深く、心に強く残るのだ。

そういうところが、支持されて、愛されて。

誰もが、強い憧れを抱かずにはいられなくて。

律子さんとは強くしなやかに隠世を生き、今の立場を築いていった、特別な人間だった。

「……律子さん……っ」

宙船の甲板から、やけに赤い夕焼け空を眺めながら、私は静かに泣いていた。

律子さんはまだ生きている。

そう長くはないと言われていても、もしかしたらもっと長生きするかもしれない。

病を克服する方法を、ギリギリのところで見つけるかもしれない。

だけど、嫌な予感はある。

この話を聞いた時から胸騒ぎがしている。

初夢が何度となく思い出される……

だから私は、夕《ゆう》がおに戻るや否や、すぐに厨房《ちゅうぼう》でカステラ作りに取り掛かった。何もかもの予定を後回しにしてでも、今すぐ律子さんのためにこれを作らねばと思った。

今作ることのできる一番美味《おい》しいカステラを。

真心と感謝のこもったカステラを。

きっと私の作るカステラは、長崎にある老舗《しにせ》のもののような、洗練された味では決してない。もしかしたらそれは、故郷を思い出す味ではないかもしれない。

だけど、後悔だけはしたくなかった。

おじいちゃんが死んだ時のことをどうしても思い出すのだ。

最後の食事は、私の手料理であって欲しかった。

大好物であって欲しかった。

満ち足りた気持ちで送り出してあげたかったと、私は後悔ばかりしていたのだから。

律子さんは私の第二の母……いや、私を産んだ実の母以上に、心の奥で私を支え続けた、母のような人だった。

律子さんが、私を娘のように思っていたかはわからない。

だけど私は、私自身は、彼女が隠世にいるというだけで、どれほど心の支えになっていたかわからない。

もっとずっと、私は彼女に支えてもらえると。

話を聞いて、手料理を食べてもらえると、心の何処かで思っていた。

だけど、隠世という場所でさえ、時間は永遠ではないのだ。

あやかしたちは、人間とは儚く脆弱《ぜいじゃく》な生き物だと言って、嘆き悲しむ。

人より何倍も、何十倍も長生きなあやかしたちがそう思うのも、無理はない。

置いていかれたような気持ちになるのも、無理はない。

その翌日。

私はさっそく、作ったカステラを持って、再び律子さんのお見舞いに伺った。

流石に二日連続だと、律子さんの体に負担をかけるだろうかと思ったけれど、縫ノ陰様は「ぜひ会ってくれ」と言ってくださった。

律子さんは、私が再びやってきたことを、とても嬉《うれ》しそうにして迎えてくれた。

今日は昨日より調子が良いらしい。顔色もいい気がする。

「まあ、美味しい。柔らかくてふわふわで。そしてとても甘いの。ふふ、柔らかい中に、カリッとしたザラメを嚙《か》みしめる瞬間が、一番好きよ、私」

「……私もです。同じですね」

「ふふふ。私と葵さんは、どこか似たところがありますからね」

まだお元気だった頃のように、陽気に笑う律子さん。

だけど律子さんは、カステラを一切れだけしか食べられなかった。

「ねえ、葵さん」

そして私に向き直って、凛《りん》とした表情で私を見つめる。

何かとても大切なお話をされる時のように。

今の彼女の瞳《ひとみ》に射貫《いぬ》かれることが、私は無性に悲しかった。

だけど私もまた、逃げずに彼女を見つめ返す。

「私ね、あなたを自分の娘のように思っていたわ。自分の分身のようだと。あなたがとても、可愛かった」

「……律子さん。私、私も……っ、私だって……っ」

あなたを母のように思っていました。

あなたが本当の母であればよかったと、何度思ったかわからないのです。

「……ありがとう。とても嬉しいわ、葵さん」

律子さんは、泣いてしまって言葉にならない私の言葉を受け取って、私の手を取り、強く、強く握りしめる。

その手は恐ろしいほどに、冷たく痩《や》せていた。

「葵さん。隠世のあやかしたちを、頼みましたよ」


その二日後の早朝。

律子さんが亡くなったと、天神屋《てんじんや》に連絡が入った。

家族だけで見送ったらしい。

縫ノ陰様と、全ての子どもや孫たちに見守られ、とてつもない穏やかな時間の中で、私はとても幸せでしたと言って息を引き取った。王族の葬儀は、王族のみで行われる。

その話を聞いた時、私は、何処かで覚悟していたとはいえ、心にぽっかりと穴があいたような気持ちになった。

涙はなぜか出なかった。

最後に、カステラを食べて、美味しいと言ってくれた彼女の顔を忘れられない。

彼女にもらったもの、与えてもらったものを、お返しできた気もしない。

ただただ、大切な人が死んでしまった。祖父が死んだ時と同じ、喪失感だけが私を包み込んでいる。

ただ、その一方で。

律子さんは、やっと故郷へ帰ることができるのかもしれない。戦争で死んだ両親や兄弟に会うことができるのかもしれない。そんな風にも思ったのだ。

悲しいのに、恐ろしいほど、羨《うらや》ましい最期だ。

死に際まで大切な夫と子どもたち、孫たちがそこにいて。愛されて。

死んだら、懐かしいと思い続けた故郷に帰り、失った大切な人たちに会える。

最後まで、自分は幸せだったと微笑んで、眠るように旅立った。

置いていかれる者たちの方が、今はきっと、辛《つら》いはずだ。


「大丈夫かい、葵」

「……大旦那様《おおだんなさま》」

無心で仕事をこなし、夜に全ての仕事を終えた瞬間に、ドッと疲れと悲しみが押し寄せてきて、私は一人静かに縁側に座り込んでいた。

私がこんな状態に陥っていると分かっていたのか、大旦那様がここまで来てくれた。

「明日《あした》は一日、休むといいよ。全部お休みにして、ゆっくりするといい」

「……でも」

こういう時、少し前の私だったら、首を横に振っていた。

がむしゃらに体を動かし、頭を働かせ、手を動かして料理をして、変わらない笑顔を振りまいて……

だけど、今の私は、それが絶対的に正しいとは思っていなかった。

「うん。そうね。そうするわ。ゆっくりと、律子さんが居なくなったことについて考えたいの。それは私にとって、とても大切なことだと思うから」

大旦那様は頷《うなず》く。

「律子殿は、葵を本当に可愛がっていた。僕に何度も、葵はいい子だと言っていたよ。境遇も似ていて、実の娘のように思っていたのだろう」

「……うん。律子さんが、最後にそう言ってくれたわ。私、とても嬉しかった」

縁側から、柳の木の揺れる様を見ていた。

月明かりに照らされ、柔らかな風に吹かれて、ゆらゆら、ゆらゆらと。

……ああ、そうか。


「そっか。……私、母を見送ったのね」


律子さんが最初に夕がおに訪れた日は、もうずっと昔のこと。

あの時、私は、律子さんの故郷の味である豚の角煮を作ってもてなした。

泣いて喜んで、私にありがとうと言ってくださった。律子さんのあの言葉が無かったら、私は辛い時も、夕がおで頑張ろうとは思えなかっただろう。

その後も律子さんと関わり合う中で、私は彼女に、大きな信頼を寄せていた。

同じ人間だからというだけの理由ではない。

きっと、理想の母親像というものを、彼女に求めていたからだ。

実の母は、私を部屋に置いてきぼりにして、どこかへ行ってしまうような人だった。

私に孤独と恐怖と空腹を植え付けて、消えてしまった人だった。

ゆえに私は、母というものが、とても恐ろしく得体の知れないものなのだと思い込んでいた。

巷《ちまた》で聞くような、優しく柔らかく、絶対的な自分の味方でいるような存在ではなく。

私にとっては、永遠に理解することのできない存在なのだと。

だけど律子さんと会い、律子さんに多くのことを助けてもらっているうちに、母がどういうものなのか、自分の中で少しずつ構築していくことができた気がする。

バラバラに壊れていたものを、綺麗《きれい》な形に組み立て直すことができたような……

「…………っ」

ドッと、波のように胸に押し寄せてきた悲しみ。込み上げた涙。

とめどなく溢《あふ》れるものを我慢することなく、私は顔を両手で覆って、体を震わせて泣く。

「律子さん、律子さん……っ」

さようなら、律子さん。

母と慕っていた人を失ったのだと、自分自身が理解し、深く悲しんだ。

そんな私の肩を、大旦那様は大きな手で抱き寄せる。

「葵。たくさん泣くといいよ。君はいつも我慢しすぎるところがあるから」

「でも、私も、もう、大人で」

「いいんだよ。大人であっても、泣きたくなった時には泣いておかないと。そうでなければ、ずっと心に律子殿を失った悲しみを引きずることになる。それは未練だ。……お前は、未練があるのかい？」

「………」

私は首を振った。

大旦那様は私に寄り添い続け、とても穏やかに、慰めてくれる。

「そうだろうとも。お前は律子殿の願いを叶《かな》えて、彼女を故郷に送り出したのだ。お前に出来ることは、律子殿から受け継いだものを、忘れずに大切にし続けることだよ。そしてきっと、この先現れるであろう、葵と同じような者を導いてやることだ。律子殿がお前にそうしてくれたように」

「うん。うん……っ」

大旦那様の優しい声に慰められながら、私は泣く。ぐしゃぐしゃな顔を晒《さら》して。

きっと、私も大旦那様も、律子さんの死で意識した。

私たちの死別は、どんなものになるだろうか、と。

ずっと先のことのようで、あやかしにとっては、それほど遠いことではないのかもしれない。

だけど私は、別ればかりを恐れたくはなかった。

「私、私も。律子さんのような、お母さんになりたいわ……っ」

律子さんの姿を、追いかけたい。

時々、ふと恐ろしくなることがあった。母に愛されず、トラウマを抱える私が、いつか、ちゃんとした母になれるのだろうか、と。

母と同じ血を引く私が、母と同じことを、いつか自分の子どもにしてしまうのではないか、と。

そんなはずないと思っていても、考えてしまう。

だからこそ、自分の中の〝母親〟というものを覆してくれた律子さんの、なんと偉大なことか。

律子さんのような母になりたいと、明確な目標がある。

それがどれほど、私の未来を、明るく照らしてくれるか。

「大丈夫さ、葵なら」

大旦那様は、変わらず私を抱き寄せながら、慰め続けた。

「僕には見える。葵がたくましい母の顔をして、多くの子どもに、美味《うま》い飯をたくさんこさえている姿が。胃袋を満たして、愛されて育った子どもたちは、やがて巣立つ時がくるだろうが、そのうちに孫が生まれ、みんながここ天神屋に戻ってきて、僕たちも幸せな老後を送ったりして……」

「ん？　ちょっと待って大旦那様。もう孫の姿まで見えているの？　老後を考えているの⁇」

「おかしいかい？　僕はいつもそういうことを考えているよ」

「…………」

こんな時でも、大旦那様は少しとぼけたようなことを言う。

だけど何だか少し、気持ちが楽になった。

泣いたからかな。苦しいものが解け始め、何だか心が清らかだ。

「ふふ。大旦那様も、きっといいお父さんになるわよ」

「そうだろう！　僕もそう思う」

褒められて、何だか嬉《うれ》しそうな大旦那様。

「ちなみに、大旦那様にとっての、理想のお父さん像って誰？」

「うーん、白夜かなあ」

「え」

私、少し固まる。どうしよう大旦那様がいつか父親になった時、あの厳しい白夜さんを目標にしてしまったら……

私があからさまな反応をしたからか、大旦那様が声を上げて笑った。

「そんな顔をするな、葵。別に僕は、白夜そのものになりたいと思っているのではない。愛情の大きさの話をしているのだ。要するに、優しさも厳しさも、愛情さえ感じられるものであればいいのだし、僕も、葵に負けじと偉大な父になろう」

グッと拳《こぶし》を握りしめ、何か決意をしている大旦那様。

そして大旦那様は、私の涙をその指で拭《ぬぐ》う。

しばらくお互いに見つめ合い、優しく口付けあって、彼は全てを包み込むような笑みを浮かべて私に告げた。

「大丈夫。永遠などないからこそ、今この時が愛《いと》おしく、眩《まばゆ》いのだ。どこへ向かっているのか、我々ですらわからない。それはとても面白いことじゃないか」

「……大旦那様」

「何も恐れることはない。史郎《しろう》が、律子殿が、葵の未来をずっと見守ってくれているよ」

「…………」

あの初夢を、また思い出していた。

おじいちゃんが元気にしていると言った、川の向こう側。

律子さんも、小舟に乗ってそこへ行ったというのなら、きっとそこで、私たちを見守り、待ち続けてくれるだろう。私たちがそこへ行く、その日まで。

それまで私は、まだまだ隠世という世界で、あやかしたちや時代の流れに揉《も》まれながらも、強く逞《たくま》しく、それでいてしぶとく、しなやかに生き続けたいと思う。

そしてもし、少し先の未来に、大切な家族が増えたりしたら、私は私が欲しかった母の愛情というものを、全て、惜しみなく注ぎたいと思っている。

きっと大丈夫。隣にいるのは、鬼でも天然でも、懐の大きな私の旦那様だ。

そして私は、人間の花嫁。津場木《つばき》史郎の孫娘。天神屋の鬼嫁である。

明日一日お休みしたら、また前を向いて歩こう。

向こうで待つ大切な人たちに、誇れる私であるように。

特典小説

『あやかしお宿とパンと落とし物』

本作は二〇一八年七月～二〇一九年三月にかけて発売された、TVアニメ『かくりよの宿飯』Blu-ray&DVD 一～九の封入特典・特製ブックレット掲載の書き下ろし小説「あやかしお宿とパンと落とし物」《一》～《九》を加筆・修正の上、収録したものです。

《一》

ここは隠世《かくりよ》。

鬼門の地にあるあやかしたちのお宿・天神屋《てんじんや》。

私、津場木葵《つばきあおい》はここ天神屋の中庭にて食事処・夕《ゆう》がおを開いている。

今日はちょうど夕がおの営業がなく、朝から銀次《ぎんじ》さんと一緒にパンをたくさん焼いていた。

あんパン、メロンパン、塩パン、カレーパン、ピザパン……他にも色々。

なぜこんなにパンを焼いているのかと言うと、今日は天神屋の従業員たちにパンの差し入れをするつもりでいるからだ。

昨晩大旦那《おおだんな》様が、日々忙しくしている従業員に何か差し入れができないかと相談をしにきたのだった。

以前パンを焼いた時、あやかしたちにとても好評だったのもあり、これを機に色々と焼いてみた。皆の反応ももっと見てみたいしね。

「やっぱり、焼きたてパンの匂いはたまりませんねえ。早く皆さんに食べていただきたいです。葵さんの焼くパンは美味《おい》しいですから」

銀次さんがウキウキした様子で、焼きたてパンを大きな笊《ざる》に並べている。

「銀次さんはどのパンが好き？　やっぱりカレーパン？」

ちょうどカレーパンを揚げながら、さりげなく聞いてみた。

「そうですねえ……カレーパンももちろん好きですが、今回焼いた中では〝塩パン〟が気になっていますね。食べたことが無いので」

「ああ、塩パンね。ここ数年でブームになって、今ではよく見かけるパンになったわ。とても面白いパンよ！　ちょっとこれを見て」

私が、クロワッサンのような形をした塩パンを真ん中で切って見せる。

「あれ、中は空洞なんですね。てっきりふわふわした生地が詰まっているものと思っていましたが」

「塩パンを作る時、棒状に切ったバターを巻いたのを覚えてる？　そのせいで焼くと中が空洞になるの。だけど食べてみて。もっと面白いことに気がつくわよ」

と言うわけで、銀次さんに半分に切った塩パンを試食してもらう。

私もついでにもう半分をパクリ。

「!?」

おそらくその一口で、私が「面白い」と強調した本当の意味がわかったのだろう。

銀次さんはぺろっと塩パンを食べてしまうと、

「底がサクサクですね……そしてじゅわっと……バターが」

なんだか上手《うま》く言葉にならないらしいが、そのような感想を述べた。

「ふふ、そうなの。たっぷり包み込んだバターが、焼く時に底に染み出してカリカリサクサク食感を生んでくれるのよ。そしてじゅわっとね。お口に広がるまろやかな塩気とバターが美味しいのなんの」

「ええ、ええ。まさにそれです。塩パンというだけあって、確かに甘さより塩気が勝る面白いパンですが、おっしゃる通りまろやかです。底がサクサクしているとはいえパン自体も柔らかさがあるので、すぐに食べられちゃいますね」

「塩パンはね、このまま食卓のパンとして並べてもいいけれど、さらにアレンジを加えても美味しいのよ。ちょっと待ってて」

この塩パンに切れ目を入れて、空洞部分にレタスやきゅうり、トマトの薄切り、さらにチーズとハム、マヨネーズを挟むと……

「はい、塩パンサンド！」

「素晴らしい！　パンの塩っぽさがいっそう生かされそうです！」

これが軽食に優秀だ。通常のサンドイッチとはまた違う、食べ応《ごた》えのある一品となる。

甘いパンもいいけれど、食事として食べるのなら、塩パンサンドはもってこいだ。

我々も昼食がまだだったので、塩パンサンドでお昼とする。

「こういうサンドもいいけれど、この塩っぽさを生かした菓子パンもあるのよ。例えばこの塩パンに、あんこを足したらあんバター塩パンになって、しょっぱいのと甘いのがいい具合に混ざり合って美味しいし……」

「なるほど。塩パンは奥が深いですねえ」

「ポテンシャルは無限大よ。夕がおでも追求していきたいものね」

このように塩パンの可能性について語っていると、

「葵しゃーん、葵しゃーん」

カウンターによじ登った手鞠河童《てまりかっぱ》のチビが、飛び跳ねてアピールをしていた。

「どうしたのチビ、あんたもパンを食べに戻ってきたの？」

「あー。パンも気になるでしゅけど、違うでしゅ。これお店の前で拾ったでしゅ」

チビは何かを抱えていた。

それは絵馬のような形をした、薄い木の板で……

「あっ、それは天神屋の幹部証では⁉」

「幹部証？」

銀次さんは懐より、同じものを取り出し、私に見せてくれた。

「天神屋の幹部にしか取り扱えない事がたくさんあります。これは、幹部がその特権を行使する際に自らを証明するものでして、私も同じものを持っているのです。きっと誰かが落としたのでしょう」

「大変。じゃあ、この幹部証を失くしたひとは困っているでしょうね」

「ええ。この際パンを天神屋の皆に差し入れしながら、幹部を一人一人当たってみましょうか。そのうち、誰のものか分かるでしょう」

「そうね。そうしましょう」

そして私たちは、店の前に落ちていたという幹部証とパンを並べた大きな笊を持ち、急ぎ天神屋の本館へと向かったのだった。

《二》

天神屋はまだ営業前。

宿泊客のチェックアウトが終わり、夕方の営業開始までお客の少ない天神屋を歩きながら、従業員のあやかしたちが集う場所を巡り、パンを配って回る。

「若旦那様、若旦那様ー。ん、あれ？　どうしたの葵ちゃん。この時間に本館にいるの珍しいね」

ちょうど、仲居のたぬき娘・春日《かすが》が、従業員の行き来する廊下で駆け寄ってきた。

銀次さんに用事があったみたいだが、後ろに私がいることに気がつき、何より私の持つパンに目が釘付《くぎづ》けになっている。

「春日、今天神屋のみんなにパンを配っていたの。どれがいい？」

「もらっていいの!?　嬉《うれ》しい、ちょうど小腹が空《す》いてたんだー」

仲居のたぬき娘・春日は、銀次さんが「どれも焼きたてですよ」と差し出した笊を覗《のぞ》きこみ、香ばしいパンの匂いを嗅《か》ぎつつ、どれにしようかなと悩んでいる。

「どれも美味しそうで迷っちゃう。甘いのが食べたいんだけど、おすすめはどれ？」

「そうねえ……春日は洋菓子嫌いじゃなさそうだし、クリームパンなんていいんじゃないかな。大旦那様が現世《うつしよ》出張で買ってきてくれたバニラエッセンスと食火鶏《ひくいどり》の卵で、カスタードクリームを作ったのよ」

「へええ。見た目はつるんとしていて平たい、ただのパンって感じだけどこれが美味しいの？」

「中に凄《すご》いのが入ってるのよ。食べてみればわかるわ」

「葵ちゃんがそう言うなら、絶対だね。じゃあそれで！」

さっそく愛用の木のトングでクリームパンを選び取り、それを用意していた紙で包んで春日に手渡した。今日の私はまるで移動式パン屋さん。

「いただきまーす」

春日、大きな口を開けてパクリ。

ふかふかの柔らかいパンの中から溢《あふ》れる甘いクリームに「ん！」と驚きの声を上げた。

「ふふ。それがカスタードクリームよ。卵の味がするでしょう？」

「うん。トロトロであま〜い」

私の作るカスタードクリームは、卵の優しい風味を大事にしたいので、ちょっとだけ甘さ控えめ。

特に食火鶏の卵は味が濃厚なので、理想のカスタードクリームを作ることができたわ。

「ところで春日さん。私に何か用があったみたいですが……」

銀次さんが自らを指さす。

「あ、そうそう。番頭様が若旦那様を探してたよ。何か困ったことがあったみたい」

「ん？　まさか、失《う》せ物で困っているのでは？」

「さあ。それはわからないけど、番頭様らしからぬ慌てようだったよ。いや、ある意味番頭様らしいのかな？　あ、あたしもう行かなきゃ！」

春日はパンを半分咥《くわ》えたまま、せかせかと二階へと上がっていった。

私と銀次さんは顔を見合わせて、頷《うなず》く。

きっと番頭の暁《あかつき》が、幹部証を失くして困っているのだろう。

というわけで、次に天神屋のフロントへと向かう。

「ああ、若旦那様、少し困ったことになりました……っ」

　確かに、受付では番頭の土蜘蛛《つちぐも》・暁がオロオロして銀次さんを待っていた。

　ガラの悪そうな見た目だが、これでもにこやかにお客をお迎えする〝番頭〟の肩書きを持つ天神屋幹部の一人。

「ええ、わかってますよ暁。夕がおの前に幹部証が落ちていたのですが、これを探しているのでは？」

　銀次さんは懐から幹部証を取り出し、ドヤ顔で暁に差し出す。

「は？　かんぶしょう⁇」

　しかし暁はぽかんと。あれ……なんか、違うっぽい？

「俺の幹部証はここにありますが、若旦那様」

「……そうですか」

　ちゃんと羽織の内側から取り出し、見せてくれる暁。

　銀次さん、ちょっと残念そう……

「そうそう、若旦那様！　呼び出しです、お帳場から！」

「ええええっ、お帳場ですか⁉」

「きっと来月の催しの件ですよ。前年が振るわなかったので、今年こそはとプレッシャーをかけられるに違いありません」

「そ、それは……覚悟して赴く必要がありそうですね」

お帳場。要するにお帳場長の白夜《びゃくや》さんに呼び出されたということか。

暁は白夜さんが苦手だから、こんなに焦っていたのね。

「あ、葵さん、私と暁は今からお帳場に向かいます。各部署へのパンの差し入れと、幹部証の件はお任せできますでしょうか？」

「勿論《もちろん》よ銀次さん。頑張ってね。あ、暁、パンでも食べて勇気を出して」

真っ青な顔をしている暁に、笊に並べたパンを差し出す。

「なんだそれは。だが……パンか。ちょうど腹が減っていた。戦を前にしては、せめて腹を満たしておかねばな」

暁はお帳場を戦場と心得ているらしい。

まあ、わからなくはない。

暁はひょいとあるパンを取って、それにかぶりついて三口で食べてしまうと、銀次さんと一緒にこの場を後にした。

暁の食べたパンは……

「味噌《みそ》カツサンドだったわ。勝負に勝つ……ってことかしら？」

コッペパンに、分厚い味噌カツとしゃきしゃきキャベツを挟み込んだボリュームのある一品。

まあ、それでも食べて白夜さんに当たって砕けてきなさい……暁。

《三》

「えーと、次は……」

受付のあやかしたちにパンを配り終わり、次に仲居たちの休憩室を回ってみようと、二階へと上がる。

「きゃあああああっ！」

「そっちに行ったわ!!」

驚いたことに、仲居の子たちが数人、廊下でバタついていた。箒《ほうき》を持って何かを追いかけているのだ。

私はなんだか嫌な予感がして、持っていたパンの笊《ざる》に蓋《ふた》をした。

どうやら天神屋に迷い込んだ大きな羽虫を追い払おうとしているらしい……

「ったく、虫くらいで何バタついてるのよ！　パッと捕まえて窓から逃がしてやればいいでしょう」

ここでお涼《りょう》が登場。

後輩仲居たちに連れてこられたようだ。そして躊躇《ちゅうちょ》もせず羽虫を素手で捕まえ、そのまま外にぽい。さすがはお涼、度胸があるわね。

「あら葵、こんなところで何して……あ！　何か持ってる！　それなあになあに」

「とりあえず手を洗ってきてくれるお涼。あんたさっき虫を素手で触ってたでしょ」

というわけで、ここから一番近い仲居たちの休憩室へ。

お涼は、その手を急ぎ洗いに行く。

その間に、他の仲居の子たちにパンをオススメしてみた。

「みんなに差し入れをと思って、パンを焼いてきたの。好きなのをどうぞ」

「パン！　最近、妖都《ようと》でも流行《はや》りの、現世のお料理って聞いたわ」

「今時の食べ物だわ〜」

まだ若い仲居の子たちばかりで、私の手作りパンにも興味を示してくれている。

お化粧途中の子、着替え途中の子までわらわらと私の周りに集まってくる。みんなお腹が空いているのね……。

「甘くないパンは軽食にぴったりだし、忙しい時でもパパッと食べられるわ。それに甘いパンはおやつにぴったり」

「まあ香ばしい」「美味《おい》しそう！」「迷うわ〜」

誰もがどのパンにしようかと迷っている。そうそう、どのパンにしようかなと迷う時が、何より楽しいわよね。

そんな中、お涼が猛ダッシュで戻って来た。

「お待ちなさい！　最初にパンを選ぶのはこの私！　虫を逃がしたのは私なんだから、当然でしょう！」

「えー」

若い仲居の子たちを押しのけ、ベテラン仲居のお涼はお目当てのパンを探す。

「あ！　あったあった。これよ、トウモロコシとマヨのパン」

「あんたってほんと好きよねえ、これ」

私のパンをよくつまみ食いしているお涼。彼女は特に、これがお気に入り。

つぶつぶコーンとマヨネーズを和《あ》えて、パンに載せて焼いただけのシンプルなパンだけど、甘いコーンに絡むマヨの酸味がクセになる、やめられない止まらない、魅力のあるパンでもある。

まあ、お涼のために作ったようなものだしね。早く早くと急《せ》かすので、木のトングで取って包み紙に包んで手渡した。

他の仲居の子たちは、あんパンや豆パンなどの王道の菓子パンを選んでいた。

妖都で人気が出ているタイプのパンだし、あやかしにとっては大好きなおまんじゅうに近いでしょうからね。

「そうだ。ねえお涼、あんたこれ落としてない？」

「ん？　なにこれ……幹部証？」

落とし物の幹部証を取り出すと、お涼はむしゃむしゃとコーンマヨパンを食べながら、横目で私を睨《にら》む。

「あんた私に喧嘩《けんか》売ってんの？　私はもう若女将《おかみ》じゃないんだけど。誰かさんがここにきたせいで、一介の仲居に成り下がったんだけど？」

「あ、そうだった。でもそれはあんたの身から出た錆《さび》ってやつよ」

「言うじゃない、ったく」

「仲居の子たちに頼られてる姿を見たせいで、てっきりまだ若女将だと錯覚しちゃったわ。お涼は今でも若女将のオーラがあるのよね」

「オーラってなによ。ったく、どいつもこいつも、若い子ぶりっ子して。虫も捕まえられないようじゃ、とうてい天神屋の仲居なんて務まらなくってよ」

「……ふふ」

なんだかんだと言って、お涼は天神屋の仲居としてプライドを持って、強くたくましく働いている。一時期若女将を務めていただけあるわね。

「んー、じゃあこの幹部証、いったい誰のものなのかしら」

「そもそも、どこに落ちてたのよ」

「夕がおの前だって。ねえチビ」

チビを呼ぶと、前掛けのポケットから小さな河童《かっぱ》が顔を出す。

「まあその通りでしゅ。それ以上のことは一切合切わからないでしゅ」

そして笊の上の丸くてモチモチの芋ドーナツをくすねて、また前掛けのポケットに潜り込んだ。面倒臭かったのかなんか説明が雑だったな……

お涼は今一度、その幹部証を確認していた。

「これ、若女将の菊乃《きくの》さんや女将様のものじゃないわね。菊乃さんは紐《ひも》をくっつけて首からかけているし、女将様がこれを落とすとは思えないし」

「そっか。じゃあその二人の線はなし、と」

「あー、もしかしたら湯守の静奈《しずな》かもしれないわ。あの子ぼーっとしてるし、時々湯脈を探して中庭とか裏山を散歩してるって聞いたから」

「ほんと⁉ じゃあ次はお風呂《ふろ》場に行ってみようかな。ありがとうお涼」

「ついでにパンをもう一個ちょうだい」

「それはダメ。一人一個が原則よ」

もう一個もう一個とせがむお涼を振り切って、私は仲居たちの休憩室を出る。

そして、天神屋のお風呂場へと急いだのだった。

《四》

「失礼しまーす……」

お風呂場の湯守たちの休憩室を覗《のぞ》く。

すると、女湯の湯守である静奈ちゃんが、弟子の和音《かずね》ちゃんと一緒に、カラフルな表紙が目立つ雑誌のようなものを読んでいた。

「まあ葵さん、いらっしゃいませ」

「何読んでるの？」

「隠世温泉街ガイドです。この雑誌に天神屋の温泉のことが紹介されていたので」

「へええ、隠世にもそういうのあるんだ。あ、すごい！　隠世で人気ナンバーワンの温泉だって書いてある」

アンケートの結果によるランキング形式で紹介されているようだが、天神屋の温泉は堂々の一位。

その温泉の効能や、清潔感のあるお風呂場が評価されているみたい。

「流石ねえ。確かに天神屋の温泉に浸《つ》かると、翌日の目覚めがすっきりしているし、体も軽いの」

「そりゃあそうですよ葵さん！　鬼門温泉は本来の泉質もさることながら、天神屋では静奈様の優れた泉術が施されています。肩こり腰痛に悩まされ動けずにいた砂かけ婆《ばば》さまが、翌日には砂を撒《ま》き散らしながら、階段を二段飛ばしで駆け下りたくらいです。そこらの温泉宿の温泉には負けませんよ！」

「こ、こら和音。あまり傲《おご》るのではありませんよっ！」

「えー。だって本当のことですし」

元気になりすぎた砂かけ婆さんの話はさておき、静奈ちゃんと弟子の和音ちゃんのやり取りは微笑ましい。羨《うらや》ましい師弟関係だ。

「そ、それに……私なんてまだまだ、お師匠様の時彦《ときひこ》様に比べたら、全然です〜」

しかし、今では師匠の立場である静奈ちゃんが、畳を人さし指でなぞりながら自らのお師匠様に思いを馳《は》せている。

静奈ちゃんのお師匠様っていうのは折尾屋《おりおや》の筆頭湯守・時彦さんのことだ。

「あ、静奈様がまたのろけ出した。そもそも折尾屋の温泉は五位じゃないですかー。天神屋勝ってますってば」

「え、折尾屋五位なの？　あ、本当だ」

天神屋の一番のライバルと名高い南の地の折尾屋だが、温泉宿としては五位という順位だ。それでも十分、立派な結果ではあるのだけれど。

「折尾屋は温泉地っていうより、南国のリゾートの印象が強いのかしら」

「ええ、その通りです葵さん。泉質で言いますと、優れた温泉地というのは他にいくつもありますからね。ただやはり……美しい海を見ながら温泉に浸かれる特別な体験は、泉質や泉術だけでは得がたいもの。折尾屋ならではの強みかと」

確かに。

折尾屋の海はとても綺麗《きれい》だし、南国情緒あふれる景観は素敵だからね。

温泉地の印象がなくとも、リゾートとして人気があるならそれで十分か。

「ところで葵さん、後ろのそれはいったい……」

静奈ちゃんと和音ちゃんが、私の後ろにある大きな笊を視界にとらえている。

笊の上のパンを、ジーって、見てる。

「そうそう、静奈ちゃんと和音ちゃん、お腹すいてない？　パンを持ってきたのよ」

「パン！」

「やったー、もうお腹ペコペコ！」

「どれがいいかな。好きなの取ってちょうだい」

私が慌ててパンを二人にオススメすると、静奈ちゃんはケチャップ大好きっ子らしいチョイスでピザパンを、和音ちゃんはきな粉をまぶした揚げパンを選んだ。

「ピザパンは、ケチャップで作ったピザソースとチーズをたっぷり使ってて、普通のピザと違って生地がフカフカなのが特徴よ。ピーマンやトマトの輪切り、薄切りした玉ねぎものせて焼いているから食べ応《ごた》えがあるわ。きな粉の揚げパンは、現世では懐かしい給食の味。油で揚げているから表面はカリッとしていて、中は柔らかいの。あやかしも好きだと思うわ」

二人がパンを前に目を輝かせ、一口食べるともう無言でもぐもぐ。

そう、無言でもぐもぐ。

幸せそうに食べてくれてよかった。だけどそういえば私、なぜここに来たんだっけ？

「……あ。あああああ！　そうだ私、静奈ちゃんが幹部証を持っているかどうか、聞きに来たんだった！」

「幹部証、ですか？」

静奈ちゃんはキョトンとしていたので、私はことのあらましを説明する。

静奈ちゃんははてと小首を傾げ、徐《おもむろ》にこの休憩室にある自分の棚を開けて、自分の幹部証を探してくれた。物で溢《あふ》れかえった棚がチラッと見える……

「あらまあ。私の幹部証……ありませんね」

「え！　じゃあこの、夕がおの前に落ちてた幹部証は、静奈ちゃんの!?　よかった〜」

やっと持ち主を見つけ出すことができた。

そう思って安心していたのだが、和音ちゃんがきな粉の揚げパンをもぐもぐ食べながら、

「あのー。静奈様の幹部証だったらこっちにありますよ。モニター動かすのに幹部証差し込んでるの忘れてるんですか、静奈様」

「え」

おっと〜。喜んだのも、つかの間。

ここ休憩室には、温泉の温度や含まれている霊力量などを示すモニターがあったのだけれど、どうやらこれは幹部証を持った者にしか動かせないらしく、静奈ちゃんの幹部証は脇の差し込み口にしっかりがっちり差さっている。

静奈ちゃんは「……そうでした！」とワンテンポ遅れてポンと拳《こぶし》で手のひらを叩《たた》く。

なるほど。こう言うところが、静奈ちゃんのちょっとぼーっとしたところか。

「はあ〜。温泉のことになるとしっかりしているのに、その他のことだといつも何か抜けているんですよねー静奈様って」

「か、和音ってば！」

「部屋もきったないし、地下のラボもきったないし、さっきチラッと見えた棚の中もぐちゃぐちゃだったし」

「……う、うう」

お弟子さんに言われまくっているお師匠様の静奈ちゃん。

恥ずかしそうに顔を手のひらで覆っている。火照った頬がいつも以上に赤い。

「ま、まあまあ。静奈ちゃんの幹部証じゃないってことがわかっただけでよかったわ。こういうのは消去法で、とりあえず幹部を順番に当たっていくのが一番よ！」

「あ、でしたら男湯の筆頭湯守である、河童の翁《おきな》の沼十郎《ぬまじゅうろう》さんにも聞いてみてください。温泉を囲む庭園の草むしりをしていると思いますので」

「沼十郎さん……私、あんまり喋《しゃべ》ったことないのよね」

そう。ここ天神屋には男湯を管理する湯守の沼十郎さんがいる。

もう相当なご老体で、そろそろ引退が近いのではと言われているが、現役を貫く高名な湯守だとか。

男湯に行く機会など無いので、私はあまり会ったことが無いのだが、どんなあやかしだろうか。というか私が男湯に入ってもいいのだろうか？

「まだお風呂場は準備中ですので、入っても大丈夫ですよ」

「そ、そうよね。ありがとう静奈ちゃん！」

というわけで、私は男湯へと向かった。

《五》

静奈ちゃんに案内され、ちょうど湯守の休憩室から、湯守しか行かない裏手側に出た。

男湯の露天風呂を囲む竹林で草むしりをしているという、河童の翁の沼十郎さんに会いに行くためだ。手鞠河童とは違い、隠世に古い時代から存在する、人とそう変わらない大きさの古典的な河童族のおじいさん。甲羅が茶色なのが特徴で、私はそれにちなんだパンをお土産に選び、持って行ったのだが……

「あのでしゅね、僕さっき四つ葉のクローバーを見つけたでしゅ。かっぱのおじいしゃんにあげるでしゅ～」

「ん～、ありがとうね、チビちゃん」

「この綺麗な石ころもあげるでしゅ。おじいしゃんずっと元気で長生きでしゅ～」

「ん～、ありがとうねチビちゃん。飴玉《あめだま》あげようかね」

なんとそこにチビもいてびっくり。

「チビ！　あんたここで何してるの!?」

「あ、葵しゃんきたでしゅ～」

チビは私に気がつくとぴょんぴょんと飛び跳ねながら私の着物にくっつき、えっほえっほと定位置の肩を目指す。

「すみません、沼十郎さん。チビがお仕事の邪魔をしていませんでしたか……っ」

「ん～、大丈夫だよ史郎《しろう》の孫娘さん。チビちゃんがよく来てくれるから、わしも寂しくないしのう」

「そうでしゅ。僕もおじいしゃんのお孫しゃんになるでしゅ〜」

どうやらチビは、同族である河童《かっぱ》の沼十郎さんに可愛がってもらい、よく懐いているみたいだった。もらった飴玉を頰に入れているせいで、ぷくっとなっている。ぷくっと。

「あの、沼十郎様、幹部証はお持ちですか？」

「幹部証？　いつも持ち歩いているよ。これがないとお湯を出すこともできないからねえ」

沼十郎さんは首からかけていた幹部証を見せてくれた。

男湯の湯守である沼十郎さんが落としたわけではない。

チビがお世話になっていたお礼もかねて、私は沼十郎さんにメロンパンを包んだ袋を手渡した。

沼十郎さんは甘いものが好きということだったので、パン生地やクッキー生地に黒糖を混ぜて作った、ほんのり茶色い黒糖メロンパンを私が選んで持ってきたのだった。クッキー生地の黒糖ザラメのザクザク食感が面白く、黒糖独特の強い風味と甘みが癖になる。

「はわー。メロンパンでしゅ。河童の甲羅、でしゅ！」

「言われてみれば。普通は亀の甲羅ってなるところだけど、隠世では河童の甲羅のイメージって言った方が売れるかも」

触発されてか、チビもメロンパンを食べたがる。パンの笊《ざる》は湯守の休憩室に置いてきたので、そちらに戻ろうとした時……

「あれ、お嬢ちゃん!?」

「……えっ？」

まだ開く前の露天風呂に、なんとお客が入ってきた！

しかも折尾屋の番頭・葉鳥《はとり》さんと、若旦那の秀吉《ひでよし》だ！

「ぎゃああああああああああ」

「「きゃあああああああああっっ！」」

腰に儚《はかな》い手ぬぐいを巻いているものの、男の裸体が二つそこにあるので私は可愛げのない悲鳴を上げて背を向けた。でも、私より葉鳥さんと秀吉の悲鳴の方が乙女チックだったわね。

「葵しゃん大丈夫でしゅ〜。見苦しい裸男たちはもう湯船に潜りましたでしゅ〜」

チビが辛辣《しんらつ》な言葉ながら教えてくれたので、そろりと振り返った。

天神屋の地下からくみ上げた赤く濁ったお湯に、天狗《てんぐ》と猿の生首が二つ、浮かんでる。

「な、なな、なんで二人がここにいるのよ……っ」

「あ、あはは〜。いや実は今日明日と折尾屋は休館日で、乱丸《らんまる》が大旦那に用事があるとかないとかで、視察も兼ねて天神屋に泊まるんだけど、それに俺と秀吉も付いてきたわけだ。それで大旦那がお客の来る前に温泉に入れと言われて……」

「つーかお前たちこそなんで男湯にいるんだよ！　そっちの方がおかしいだろ普通！」

た、確かに。

葉鳥さんは相変わらず気さくな笑顔だが、秀吉は肩までしっかり温泉に浸《つ》かったまま、警戒心マックスでこちらを睨《にら》んでいる。

「わ、私たちは沼十郎さんが幹部証を持っているかどうか、確認しに来ただけよ。誰かが夕がおの前で落としたみたいなの」

「幹部証？」

葉鳥さんと秀吉が顔を見合わせて、「あー」と。

「なるほどな。うんうん、そういうことね」

「はい？」

「確かあいつが、幹部証を失くしたって困ってたよな」

「え」

こんなところで大きな情報が。しかし葉鳥さんも秀吉もニヤニヤしているだけで、誰が幹部証をなくして困っていたのかを教えてくれない。

「何で、もったいぶってるの。そこまで言ったなら教えてよ。あとでお部屋にアイスを挟んだメロンパンを持って行ってあげるから。牛乳アイスを夕顔で冷やしているところなの」

「あー。それなら交渉成立だ。実は風呂の前に、地下の工房に立ち寄って砂楽《さらく》博士に挨拶《あいさつ》しに行ったんだけどな、あの砂楽博士が幹部証を失くしたって言って困ってたんだ」

「砂楽博士が？」

　すると秀吉までが……

「あの千年土竜《せんねんもぐら》、地べたを這《は》いずってまで探してたぞ。早く行ってやれ津場木葵。そしてもう男湯を覗《のぞ》くんじゃねーぞ。しっしっ」

「覗いてたわけじゃないわよ！」

　しかし良い情報を得た。

　次に地下工房へと行ってみよう。これが砂楽博士の幹部証である可能性は大だ。

　だけどなぜ、砂楽博士が夕がおの前で幹部証を落としたのだろう？

　地下工房に引きこもっている人だから、ほとんど夕がおに来ることとないんだけどなあ。

《六》

　次に向かったのは、天神屋の地下工房。

「ここは相変わらず暗いわね」

「葵しゃん、怖いでしゅか〜？　僕がギュッとしてるから怖くないでしゅ〜」

「そうね。チビがいるから怖くないわ。でもちょっと生臭いかも……」

天神屋の地下では、オリジナルの土産物や客間に置かれる雑貨などを生産している。

工房では小さな鉄鼠《てっそ》たちが働いているのだが……

普段なら人気の梅ザラメせんべいの生産をしているはずの工房には誰もおらず、しんとしていた。小さな鉄鼠たちが忙しく働いているはずなのに。

「あれ、鉄鼠たちどこにいるんだろう。せっかく好きそうなパンを持ってきたのに」

クリームチーズとくるみを練り込んだ小さめのボールパンも焼いたので、鉄鼠たちに食べて欲しいと思ってたんだけどな。

静かな工房を通り過ぎ、開発部長の砂楽博士のラボを訪れる。

砂楽博士は千年土竜というあやかし。

そんな砂楽博士が、ラボの机の間を四つん這いになってウロウロしていた。物で散らかった場所をかき分ける様は、まさに土竜。

「あー。どうしよ。あー。どうしよ。あれがないと工房が回らないよ〜」

「砂楽博士、こんにちは」

「ん？　その声は嫁御ちゃん？」

砂楽博士は顔を上げて、サングラスを押し上げつつ、キョロキョロしている。

私は博士の視界に入る場所まで行き、

「博士。何かお探しのようですが」

「そうそう！　私、自分の幹部証を失くしてしまってねえ。あれがないと地下工房のシステムを動かすことができないんだ。機械もベルトコンベアも動かないもんだから、鉄鼠たちはやることないし帰りまちゅ～って」

「あのね博士、私、実は博士が失くしたっていう幹部証を持っているのよ。ほら！」

やっと持ち主を見つけたと思って、懐から幹部証を取り出して砂楽博士に見せてみる。

「わあ、なんで嫁御ちゃんが持ってるの⁉　まあいいや、良かった良かった。これで工房を動かせるよ～」

砂楽博士は嬉《うれ》しそうに幹部証を受け取ると、早速それを持って隣の工房へ。

「あれ？」

だけど、この幹部証を機械の差し込み口に挿しても、ベルトコンベアが動かない……っ！

「んんんーどういうことだろう？　あ、これ私の幹部証じゃない！」

「えっ」

「私の幹部証だったら、もっとボロボロのはずなんだよねえ～。何度も機械に差し込んでるから擦り傷がある」

今更気がついたのだが、この幹部証は確かに傷一つなく綺麗《きれい》だった。

でも、じゃあ砂楽博士の幹部証はどこへ行ってしまったのだろう？

「葵さん！　こちらにいたのですね。幹部証の持ち主は見つかりましたか？」

ちょうど銀次さんが地下工房に駆け込んできた。

お帳場に呼び出されていたみたいだけど、話は終わったのだろうか。

「ねえ銀次さん。実は……」

かくかくしかじか、銀次さんに説明をする。

「チビの拾ったこの幹部証も砂楽博士のものじゃないんでしょう？　なら、砂楽博士の幹部証はどこにあるのかしら」

銀次さんは顎《あご》に手を当てて、

「もしかしたら、誰かが砂楽博士の幹部証を、自分のものだと勘違いして持っているのかもしれませんね」

「はあ〜。もしそうだったら、また一から確認していかないと。ところで銀次さんは大丈夫？」

「はい、私の幹部証は私のものです。見てください！　このあいだ自分の部屋で蹴《け》ってしまって、壁にぶつけて端っこが欠けてます」

「ほ、ほんとだ。……要するに扱いが雑なのね」

最後のはボソッと。

銀次さんってば普段は紳士なのに、時々やんちゃで男の子な本性が見える。

続けて、いつまで自分の幹部証を持っていたのかを、砂楽博士に問う。

「うーん。実は昨日の夜までは持ってたんだよねえ。あ、そういえば、この地下工房に大旦那と白夜がやってきて、ちょっとした報告会をしていたんだ。その時、地下最深部に行くために我々三人の幹部証が必要だったんだけど……あの時失くしたのかも」

地下最深部、という謎めいたスポットのことも気になるが、徐々に話が見えてきた。

もしかしたら、私が拾った幹部証は、大旦那様か白夜さんのものかもしれない。

そしてそのどちらかが、砂楽博士の幹部証を持っている可能性がある。

しかしここに来るまでに少し疲れてしまった。ラボにて砂楽博士と銀次さんと一休み。

「ところで銀次さん、さっきまで白夜さんのところにいたんでしょう？　白夜さんの様子はどうだった？」

私はがっつりソース味の焼きそばパンを食べながら。

「ど、どうもこうも、相変わらず手厳しいお方でした。来月のイベントは、閑散期ということもあり例年客の入りが悪いのです。今年は折尾屋と合同での企画を考えているのですが、予算の面でお帳場と戦うこともあり、何かと厳しいチェックが続いています」

銀次さんはりんご半分をそのまま包み込んだアップルパイをかじりながら。

だけど、そっか。それで天神屋に折尾屋の面々が来ていたのね。

「白夜は天神屋がまだ資金面で苦労した時代を知っているから、お金に関して厳しいんだよね。財布の紐《ひも》を握っているから、大旦那の古女房とか、天神屋の大蔵大臣とか言われるんだよね～」

砂楽博士はチョココロネと濃い緑茶でほっこりしつつ。

「ああ、もしかしたらその幹部証、白夜のものかもしれないよ。私と違って白夜は几帳《きちょう》面《めん》で神経質だ。幹部証の扱いも丁寧だと思う」

なるほど。というわけで、私と銀次さんはさっそく白夜さんを探しに地上へと出た。

鬼ではないのに鬼のお帳場長。機嫌がいいといいのだけれど……

ああ、でも。白夜さん相手ならば、パンは効果的なアイテムかも。

何しろ、あの子たちの大好物だからね。

《七》

私は天神屋の裏山にある竹林へと向かっていた。

ここにはおそらく、あの白くて可愛いあやかしと、白くて怖いあやかしがいて……

「ねえびゃくやたま～、きょうはだるまさんがころんだしようよ～」

「何を言う。お前たちも遊んでばかりいないで、時には労働と勉学に励みたまえ」

「ぼくらのろうどうてなに～」

「けづくろいとか～？」

「きんべんは～？」

「じょうずにあまえておいしいたべものをねだることだよ～」

「違うぞ。それはあざといと言うのだ」

「ねえびゃくやたまごはん～」

さっきまで遊んで欲しそうだったのに、今度はご飯を要求し、管子猫《くだこねこ》が白夜さんにスリスリして甘えている。なんて甘え上手なあざとい管子猫。

白夜さんもこれにはデレデレ。鬼のお帳場長とは何だったのか、管子猫を一匹一匹抱きしめもふもふする驚異的デレを見せつけてくれる。

「白夜さん、やっぱりここにいたんだ」

「うわあああっ！」

私が竹林からすっと出て行くと、白夜さんはあからさまに仰《の》け反って驚いた。

「あ、葵君いつからここに!?」

「さっき来たところよ。大丈夫、白夜さんが管子猫のあざとさに気がついていながら、どうしようもなく甘やかしてしまうところしか見てないから」

「それはもう、ほとんど全てを見たようなものだ！」

ゴホンと咳払《せきばら》いし、白夜さんは気を取り直し、閉じた扇子を口元に当てて胡散《うさん》臭そうに私を見やる。

「で、何の用だ葵君。こんなところまで来て」

「白夜さんに確認してもらいたいことがあるの。ちょっと困ったことになっていて……」

「あ、あおいたまだ！」

「なんかいいにおいがする～」

「ぱん～ぱんだよ～」

本題に入る前に管子猫たちが私に群がり、ついでに私の持つ笊《ざる》の匂いに興味津々。

「お前たち、卑しいことをするんじゃない。――整列！」

白夜さんが管子猫たちをピシャリと叱りつけ、いつものように整列させる。

それでも管子猫たちの視線だけは、じーっと笊の方を向いているので、ちょっと怖い。

「えっと……あのね白夜さん、確認したいことがあるの。この幹部証なんだけど、白夜さんのではない？」

「幹部証？」

私は今までの経緯を、白夜さんに説明した。

夕がおの前に、誰かの幹部証が落ちていたこと。そして砂楽博士が幹部証を失くしているにも拘《かか》わらず、この幹部証は砂楽博士のものではなかったこと。

「なるほど。事情はわかった。その幹部証を見せたまえ。そして……管子猫が待ちきれないと言う顔をしている。頼むがパンを少し分けてやってくれ」

「あはは。ええ、わかったわ」

相変わらず管子猫には甘々の白夜さん。管子猫にパンを与えている間、私の差し出した幹部証を、片眼鏡を上げてまじまじ見つめ確認している。

あの片眼鏡ってなんなんだろう。老眼鏡？

「うまうまうまうま」

「やわらかでほうじゅんなぱんだね〜」

管子猫たちにはミルクたっぷりの甘めのパンをあげた。管子猫たちは美味《おい》しそうに食べてくれる。

「葵君、言っておくがこれは私のではない。私は自分のものを持っている」

「えっ」

また外れた。絶対に白夜さんのだと思ったのに。

「これはおそらく大旦那様のものだ」

「え、なんでわかるの？」

「幹部証の側面を見ろ。ここの色で発行時期が分かるのだが、これは赤銅色。最新のものである。幹部証の最新の発行記録は、大旦那様の幹部証しかない。前のものが古くなり、私が新しいものを発行し直すよう手配したからだ」

「へぇえ、そうだったんだ。でもどうして大旦那様、この幹部証を落としたのかしら。それも夕がおの側で」

「それは本人に聞いてみるしかないな。大旦那様は天神屋の優秀な長ではあるが、時々ぼんやりというか抜けておられる。落とし物は珍しくない」

「や、やっぱり。……薄々勘付いてたけど」

大旦那様とは長い付き合いである白夜さんも、これに関しては首を振りつつ、ふぅ〜と溜息《ためいき》。眉間《みけん》に刻まれたシワが、何度か落とし物の件で苦労させられたことを物語る。

「ほら、さっさと持って行って差し上げろ。幹部証が必要な場面は多い。そのうちお困りになってワタワタし始める」

「大旦那様がワタワタしてるところ、ちょっと見てみたいけど……」

だけど、そうね。

困っているといけないので、急いで大旦那様に持って行ってあげなくちゃ。

「ありがとう白夜さん。お礼に白夜さんにもパンをあげるわ」

紙に包んで手渡したのは、豆腐入り抹茶マフィン。

「なんだこれは」

「白夜さんお豆腐好きでしょう？　卵の代わりに豆腐を使うと、ヘルシーでふわふわあっさりしたマフィンに仕上がるの。白夜さん好みかなって」

「ふん。まあ、茶菓子と思えばな」

白夜さんの反応は相変わらずそっけないが、とりあえず受け取ってくれたのでよし。もう少し管子猫との癒《いや》しの時間を過ごすようだったので、私はもう邪魔しないよう、すぐにここを去ったのだった。

《八》

「おや、なぜだろう。僕が僕の奥座敷を開けられないというのは」

「おい大旦那、何もたもたしてやがる」

「ち、ちょっと待て折尾屋の旦那《だんな》頭。おかしいな、普通これで開くんだが」

大旦那様は密会用の奥座敷につながる廊下の前にいた。そして案の定、そこでワタワタしていた。

施錠されているのか、襖《ふすま》の横に備え付けられた差し込み口に、幹部証を挿したり引き抜いたりしている。乱丸がなんとも言えない顔でそれを見守り待っている……

「それは多分、大旦那様の持っている幹部証が、大旦那様のものじゃないからよ」

「おお、葵！　奇遇だな、なぜこんなところに？」

「大旦那様が今ワタワタしている原因を知っているからよ」

私は大旦那様に、自分の持ってきた幹部証をずいと差し出す。

大旦那様はその幹部証と、自分の手に持つ幹部証を見比べ、「ああ！」と何か思い出したように声を上げる。

「そうだった！　僕の幹部証は新しくなったんだった！」

「今更？　今更気がついたの？　大旦那様って、ほんと時々抜けてるわよね……」

隠世のあやかしたちは、天神屋の鬼神がこんなポカをやらかすとは思いもしないだろう。

同じ八葉《はちよう》の乱丸も、大旦那様の抜けっぷりは意外みたいで、

「全くだな。ったく、天神屋の大旦那がこれじゃあ、調子が狂うぜ」

「あ、乱丸も久しぶり。さっき湯守の子と温泉宿特集の雑誌を見たんだけど、折尾屋は五位だったわよ。天神屋は一位だったけど」

「うるせえよ。うちは温泉を売りにしてないんだ。野暮ったい天神屋と違って、オーシャンビューのリゾートだからな」

お互いの嫌みも相変わらず。しかし元気そうでよかった。

「すまないすまない。僕としたことが。ははは」

大旦那様は後頭部をかいて軽く笑う。ライバル宿のトップに失態を見られても、どこ吹く風という感じだ。

「しかし、なら僕が持っているのは、いったい誰のだというのだろう」

「大旦那様が差し込んでたのは、砂楽博士のものよ。地下の工房が全く動かせなくて、鉄鼠たちが仕事にならないからって帰っちゃったんだって。きっと明日《あした》か明後日《あさって》には、お土産不足に陥るでしょうね、天神屋は」

「そうかそうか。なるほど、砂楽の幹部証も見事な年季の入り具合だから、僕のと似ていて勘違いしてしまったんだろうな。実はこれ、地下の研究所で働いている湯守たちが拾ったものでな。さっき僕のもとに届けてくれたんだ。僕は僕で自分の幹部証が無いものだから、自分のだとばかり思っていた。だけど本物は、葵のところに落としたんだな」

　まあ、持ち主がやっとはっきりしてよかったけれど……

「というか、どうして大旦那様のこの幹部証、夕がおの前に落ちてたのかしら」

「今朝、君に会いに行ったんだよ。天神屋のみんなが葵のところで朝ごはんを食べていると聞いたから、僕もそろそろいいかなと思って。きっとその時に、自分の物を落としたんだろうね」

　そろそろって、いつ来てくれてもいいのに……

　大旦那様は立場もあって、今までは遠慮してくれていたのだろう。

「ごめんなさい、今朝私いなかったでしょう？　カマイタチの子どもたちに呼ばれて、野菜を貰《もら》いに行ってたの。ほら、あの子たち裏山に畑を持ってるでしょう？」

「ほお。お庭番の子どもたちと仲良くしているようだね」

「ええ。あ、そうだ、あの子たちにもちゃんとパンを配ってあげないと。あの子たちのために作ったパンもあるのに」

「パン？」

「ええ。パンをいっぱい焼いたの。でも大旦那様の分は無いのよね。さっき竹林を通ったときに管子猫に全部食べられちゃって」

「え……」

「そんな、あからさまにショックそうな顔をしないで大旦那様。夕がおにまだ食パンがあるから、それを使って美味しいものを作るわ。あとで夕がおに食べに来てくれる？」

「も、もちろん！　ああ、よかった。僕は葵のパンを食べられないのかと思った……」

ホッと胸を撫《な》で下ろす大旦那様。

パンで一喜一憂する大旦那様は、とても鬼には思えない。鬼には見えない……

「おい、なに客人を無視してイチャコラよろしくやってやがる」

「あ、ごめん乱丸……」

乱丸そっちのけで話が盛り上がっていたので、乱丸はまたどうしようもねーなと言いたげな表情だった。

大旦那様は私から幹部証を受け取ると、そのまま差し込み口に入れ、襖を開ける。

奥座敷に乱丸を案内し、大旦那様も後から入室するようだったが、その際に砂楽博士の幹部証のことを頼まれ、大旦那様は私の耳元で小さく囁《ささや》いた。

「葵、一時間後に夕がおに行くよ」


幹部証の持ち主もわかり、一安心。私は大旦那様の持っていた砂楽博士の幹部証を地下工房まで持っていく。

地下では砂楽博士と銀次さんが、機械が動かないなりにできることをやっていたのだけれど、幹部証が手元に戻り、工房も動き始めた。

工房が動き始めると、壁穴から鉄鼠たちが顔を覗《のぞ》かせて、仕事だ仕事だと慌て始める。

こちらはもう大丈夫そうだ。

私は銀次さんと共に、夕がおに戻ったのだった。

「それにしても、あの幹部証が大旦那様のものだったとは意外でした」

「笑えるでしょう？　大旦那様ったらワタワタしてたの」

「ふふ。ちょっと見てみたかったですね、大旦那様の慌てているところ。ところで葵さんは何をしているんですか？」

「食パンの耳を切り取って、柔らかいところを卵液に浸《つ》けているの。砂糖と、牛乳と、生卵の液。これを大旦那様に食べてもらおうと思って」

「ああ、卵液がしみこんだら、後でこんがり焼くのよ。ふわふわでとろけて、魔法のような食べ物なの。銀次さんにも味見をしてもらいたいわ」

「こ、これを？」

銀次さんは私が何を作っているのか、まだピンとこないみたい。

だけど私が作ろうと思っているものは、ここでしっかり卵液に浸けておくことで、とてもとても美味しくなる。

さて、大旦那様はお気に召すだろうか？

「あっ！　葉鳥さんと秀吉のお部屋に、アイスメロンパンを持っていく約束だったわ」

「それなら私が持って行きますよ。折尾屋の皆さんには挨拶《あいさつ》しておきたいですし」

「なら頼めるかしら、銀次さん。ついでに乱丸の分もお願いできる？」

アイスを挟んだ小さめのメロンパン。これを三つ、和菓子用のお皿に上品にのせて、溶けないように氷柱女《つららおんな》の氷も添えて。

元折尾屋の銀次さんが気を利かせて、これを折尾屋のメンバーの泊まっているお部屋に運んでくれることになった。

かつての仲間とまた気さくに交流ができるようになったのなら、嬉《うれ》しいな。

《九》

「葵殿ー。呼んだでござるか？」

「ああ、サスケ君よかった！　あのね、朝にもらった玉ねぎでオニオンブレッドを焼いたの。お庭番の子どもたちにも食べてもらいたいんだけど」

「そういうことならすぐに呼ぶでござる！」

　サスケ君は夕がおの出入り口で口笛を鳴らす。すると風に乗って一人二人、三人と、小さなカマイタチの子どもたちがやってきた。

「みんな、今朝はありがとう。おかげで美味《おい》しいオニオンブレッドが焼けたわ。みんな食べてみて」

「わーいでござる」

　オニオンブレッドっていうのは、薄切り玉ねぎとベーコンを炒《いた》めたものを、パン生地でロールケーキのように巻き込み、端から切ってこんがり焼いたもの。

　ふわふわのパンにぐるぐる巻きにされた玉ねぎの甘みとベーコンの塩っぽさが最高に美味しい。

「あれ、サスケ君は食べないの？」

子どもたちに遠慮してか、サスケ君がパンに手を伸ばすのを我慢していた。

「拙者も食べていいでござるか？」

「勿論《もちろん》よ。いつも夕がおを守ってくれているものね」

「ありがとうでござる、葵殿！」

サスケ君はやっと、キラキラした顔でオニオンブレッドに手を伸ばす。

子どもたちの前では立派なお兄ちゃんだけど、一緒になってパンを頬張る姿は可愛らしく、やはり弟にしたいあやかしナンバーワン……

「あ、ちょっと待って、色々と余ったパンもあるから、それもみんな、好きなだけ食べてちょうだい。たこ焼きパンとか、ぶどうパンとか、塩パンも余ってるわ。残り物の餡《あん》ことバターを挟んで食べても美味しいわよ～」

「わーいでござるー」

座敷席に座ってパンを頬張るお庭番の子どもと、お庭番のエースであるサスケ君。彼らは天神屋の従業員の中でもよく動くため、食いしん坊ばかり。たくさん焼いたパンも余りそうにない。

「葵、葵、僕がきたよ！」

「あの～、葵さん大旦那様が出入り口で自らを猛烈にアピールしてます」

「あっ！」

大旦那様と、折尾屋のメンツにパンを届けに行った銀次さんが、一緒に夕がおへやってきたようだった。大旦那様が来ることを忘れていた訳ではないが、カマイタチの食いっぷりに見とれてしまっていた。私は何食わぬ顔で駆け寄る。

「大旦那様いらっしゃい。準備はできてるわ」

「僕はもう楽しみで仕方がなかった。この一時間、張り切って仕事をしたよ」

「それは良いことです大旦那様。折尾屋との交渉も、きっと上手《うま》くいくでしょう」

銀次さんは大旦那様のために、カウンターの椅子を引いていた。

大旦那様はいそいそと座り、楽しみでたまらないという表情を隠さずカウンター越しに私を見ている。

大旦那様に見つめられながらなんて、ちょっと緊張するなあ。

「えっとね、大旦那様に食べて貰いたいのは、フレンチトーストよ」

「フレンチトースト！　以前、現世のホテルに泊まった時に朝食バイキングに並んでいるのを見たことがあるね。とても気になったのだが、その時は急ぎの用があり、食べられなかったんだ」

「そうなの？　ならちょうどいいかも。卵とお砂糖と牛乳で作った卵液を食パンに染み込ませたものがあるんだけど、これをバターで焼くの」

「ほお。卵にバター。絶対美味しいだろうね」

側で控える銀次さんと顔を見合わせ、ニッコニコの大旦那様。

あとはもうフライパンにバターを溶かし、両面をこんがり焼くだけ。

その香ばしい匂いには誰もがハッとし、興味をそそられる。

「はい、出来上がり。ふわふわのフレンチトーストよ。お好みで蜂蜜《はちみつ》をかけてね。甘さは控えめだから」

「出来立ての香りがたまらないね。いただきます」

大旦那様は手を合わせた後、軽めに蜂蜜をかけ、ナイフとフォークを手慣れた様子で使い、フレンチトーストを口に運んだ。フレンチーストの横に添えられているのが緑茶で申し訳ないが、大旦那様は意外と合うなどと言って、美味しそうに食べてくれた。

「あまりに柔らかく、口の中で溶けてしまって、すぐに食べてしまいそうだ。なんだか勿《もっ》体《たい》無いな」

「またいつでも作ってあげるわよ。そんなに高級な食材を使ってる訳じゃないんだから」

「ならば僕は、やはり現世で葵のパン作りに必要なあれこれを買い揃えに行かなければな。そもそもこの夕がおの焼き窯は、パン作りに向いているのかい？」

「そこはご安心ください、大旦那様。夕がおの焼き窯は最新の妖火《ようか》設備搭載で、余熱の温度を自在に変えられます。パンを焼く時は、それに適した温度にして焼くので、十分美味しく焼けるのです」

「ほお。銀次が前に無理言って取り付けたものだったね」

「ええ。かなり高価な代物だったので、葵さんが使いこなしてくださって本当に感謝しているところです……」

　夕がおは元々、若旦那である銀次さんの管轄の下、別の料理人が小料理屋を開く予定だった。しかし鬼門中の鬼門ということで不幸が重なり、計画は頓挫《とんざ》したんだっけ。

　そこに私がやってきて、この夕がおの設備をそのまま受け継ぎ、食事処を開くことにした。今では懐かしい、私の隠世での〝始まり〟。

「あの頃はみーんな私に冷たくて、寂しかったなあ。あ、銀次さんは優しかったけど、大旦那様は冷たかったなあ～」

　私がぽろっと嫌みを言うと、大旦那様はなぜか笑った。大笑いだ。

「ちょっと、そこ笑うところじゃないんだけど。あの時、私がどれほど寂しい思いをしたと思っているの」

「いや、ごめんよ葵。まあ、なんだ、僕は一応、鬼だからね」

「何よそれ」

「葵があやかしの悪意にどれほど耐えられるのか、見極めたかったんだ。その後、ここ隠世で生きていけるのかどうか、ね」

「…………」

「でもあまり心配はいらなかったな、銀次」

「ええ。葵さんは勝手に順応し、勝手に仲間を増やし、今では自由に隠世の生活を謳歌《おうか》しております。そういうところが、史郎殿にそっくりですね」

「まったくだ。あやかしを恐れるどころか、むしろ翻弄《ほんろう》して話題をかっさらうあたり」

「ちょっと。またおじいちゃんの話？　私はそこまで悪評はないと思うけど」

「確かに葵は料理であやかしを癒《いや》しているのだから、そこは史郎とは正反対。葵は葵だね」

大旦那様は目を細め、どこかしみじみと語った。そして、

「よく頑張ってきたね、葵。夕がおはもう天神屋の一部だ。お客だけでなく、従業員の憩いの場でもある。これからも、夕がおを、天神屋の皆を頼むよ」

「……大旦那様」

その言葉が、じわりじわりと心に染みて、こんなにも嬉しい。

大旦那様がこの場所を認めてくれた。天神屋の一部だと、言ってくれたんだもの。

「ええ。私、これからも夕がおで頑張るわ！」

あとがき

とってもお久しぶりです。友麻碧《ゆうまみどり》です。

かくりよの宿飯後日談、大変お待たせしました！

こちらのシリーズは十巻で本編を終了していますが、十一巻は本編後の後日談というものを、十二ヶ月に分けた短編方式で描いたものになっております。

短編だし多くのキャラクターを出せる！　などと思って、かなり好き勝手に書かせていただき、久々にかくりよの世界に浸り、キャラクターたちと触れ合い、とにかく懐かしい気持ちになりました。キャラクターの成長、天神屋《てんじんや》の変化、進展している関係性、あちらの世界との連携、出会いと別れ……などなど、後日談だからこそできるエピソードを詰め込んでおります。

久々ならではのハプニングと言いますか、「このキャラの性格がなんか違う」とか「そもそも一人称が違う」などありましたが、本編後のキャラクターたちの行方、というものを皆さまにお伝えできる機会はなかなか無いため、そこまで描けるシリーズであったことを誇らしく思っております。

また、TVアニメのBlu-ray&DVDに特典として付いていた番外編も、収録させていただいております。時系列が、この話だけ本編中の出来事なので、ご注意ください。こちらも天神屋オールキャストで描いた、お気に入りのお話だったりしますので、時代の違いを感じつつ、楽しんで頂けますと幸いです。

担当編集さま方。かくりよの宿飯十一巻でも大変お世話になりました。「チビがチビさんになってる」と言っていたのが面白かったです！

イラストレーターのLaruhaさま。久々にLaruhaさんのイラストを拝めて嬉《うれ》しかったです！　一巻と対になっている構図というのもエモいですし、やはりLaruhaさんの描く大旦那様はかっこいいですね！　今回も表紙を手掛けていただきありがとうございました。

そして、かくりよの宿飯の読者の皆さま。

後日談となるこの一冊も、お手にとっていただきありがとうございます！

物語の続きの続き、までお届けできるよう頑張ってまいりますので、今後とも気長に見守って頂けますと幸いです。

それでは、またお会いできます日を楽しみにしております。

友麻碧

富士見L文庫

かくりよの宿飯《やどめし》　十一
あやかしお宿《やど》の十《じゅう》二《に》ヶ《か》月《げつ》。

友《ゆう》麻《ま》 碧《みどり》

2020年12月15日　初版発行
2021年４月20日　３版発行

発行者　青柳昌行
発　行　株式会社 KADOKAWA
〒102-8177　東京都千代田区富士見2-13-3
電話　0570-002-301（ナビダイヤル）

印刷所　株式会社暁印刷
製本所　本間製本株式会社
装丁者　西村弘美

定価はカバーに表示してあります。　◇◇◇

●お問い合わせ
https://www.kadokawa.co.jp/（「お問い合わせ」へお進みください）
※内容によっては、お答えできない場合があります。
※サポートは日本国内のみとさせていただきます。
※ Japanese text only

ISBN 978-4-04-073660-0 C0193